O PLANET B
THERE IS NO PLANET B

Maria Keim

Was Schildkröten im Schilde führen

Maria Keim

Was Schildkröten im Schilde führen

Roman

PIPER

*Mehr über unsere Autor*innen und Bücher:*
www.piper.de

Wenn Ihnen dieser Roman gefallen hat, schreiben Sie uns unter Nennung des Titels »Was Schildkröten im Schilde führen« an *empfehlungen@piper.de*, und wir empfehlen Ihnen gerne vergleichbare Bücher.

Von Maria Keim liegt im Piper Verlag vor:
Was Schildkröten im Schilde führen.

Die Zitate auf den Seiten 70–71 stammen aus: Mick Inkpen, »Der kleine Garnix«, Brunnen-Verlag, Gießen, 1999

Unser Versprechen für mehr Nachhaltigkeit
• Klimaneutrales Produkt
• FSC®-zertifiziertes Papier
• Hergestellt in Deutschland

FSC
www.fsc.org
MIX
Papier aus verantwortungsvollen Quellen
FSC® C014496

ISBN 978-3-492-07108-6

Redaktion: Martina Vogl
Satz: Uhl+Massopust GmbH, Aalen
Gesetzt aus der Calluna
Druck und Bindung: GGP Media GmbH, Pößneck
Printed in Germany

Für euch.

Kapitel 1

Vor dem mächtigen Kölner Dom steht eine Schildkröte mit einem Schild. Nicht ein Schild im Sinne von Schildpanzer, sondern ein pappiges Pappplakat, das an einem Ast wackelt. Darunter das Tier, das gerade mal so groß ist wie meine Hand.

Ich steige von meinem knallroten Fahrrad ab und schiebe es näher heran. Der Wind hier oben zerrt an der Schildreklame – oder eher Schildkrötenreklame:

WECHSELWARMES KRIECHTIER SUCHT EINSIGARTIGE WOHNGEMEINSCHAFT MIT MÖGLICHST K(L)EINEM ÖKOLOGISCHEN FUSSABDRUCK!
PS: NIEDER MIT DER KOHLE!

»Schreibt man einzigartig nicht mit ›z‹?«, frage ich niemand Bestimmten.

»Laut Duden schon«, antwortet jemand. »Aber wenn alle *einzigartig* schreiben, dann wäre es ja nicht mehr einsigartig.«

Ich betrachte die Schildkröte. Auf ihrem Rückenpanzer steht mit roten Buchstaben *Rette mich!* geschrieben. Ich schaue nach links. Nach rechts. Durch den einsetzenden warmen Nieselregen sichte ich unzählige graue Gestalten, die unter Schirmen durch die Gegend huschen.

Da ertönt wieder die Stimme. »Das ist ähnlich wie beim Palindrom.«

Die winzigen schwarzen Glupschaugen des Reptils sehen zu mir herauf. Ich blinzele.

Das Tier blinzelt ebenfalls.

Meine Stirn runzelt sich.

Die Schildkröte bewegt ihren Mund. »Warum ist das Wort Palindrom kein Palindrom?«

Ich schaue erneut vorsichtig nach rechts und nach links. Dann hinauf zu den zwei Domspitzen, hinter mich zum Hauptbahnhof und zum Schluss wieder zu der Schildkröte hinunter. »Was für ein Syndrom?«

»Risotto, Sir?«, fragt die Schildkröte, die auf einem DIN-A4-Karton hockt wie auf einem Podest.

»Was?«

»Nette retten.«

»Hä?«

»Vitaler Nebel mit Sinn ist im Leben relativ.«

»Bist du jetzt kaputt?«, frage ich verwirrt.

»Frechheit!«, erwidert die Schildkröte entrüstet. »Man fragt doch nicht einfach Leute, ob sie kaputt sind!«

»Ich meine, ist deine Sprechanlage jetzt kaputt?«

»Ich habe ein paar Palindrome aufgezählt – das sind Worte oder Sätze, die von vorne wie von hinten gleich sind. So wie Ehe. Otto. Madam. Lagertonnennotregal. Aber vor allem Ehe.«

»Hm.« Ich tippe *Palindrom* in mein Handy ein. »Ah. Du meinst so was wie: *Eine Hure ruhe nie.*«

Empört sieht das Tier zu mir empor. »Das ist nicht jugendfrei!«

Ich grinse. »Oder«, lese ich weiter, »*An Omar liegt geil Ramona.*«

»Ist deine Sprachkläranlage jetzt kaputt?«, äfft sie mich nach und räuspert sich dann. »Verzeihung, aber würdest du bitte zur Seite treten? Mein Plakat soll noch für andere Passanten lesbar sein. Ich hätte heute Abend nämlich gerne ein warmes Bett.«

Der Nieselregen hat sich derweil verdichtet, und auf der Domplatte fällt niemandem die kleine Schildkröte auf.

Ich beuge mich hinunter und strecke meine Hände nach ihr aus.

»Hey!«, ruft sie. »Privateigentum!« Sie schnappt nach mir.

Ich greife vorsichtig unter ihren Panzer, hebe sie hoch, drehe sie langsam um, schaue nach Anzeichen von Elektronik, drehe sie wieder zurück und setze sie wieder ab. Keine Kabel oder Lautsprecher zu sehen.

»Das ist entwürdigend!« Sie kneift ihre Augen zusammen. »Wie würdest du es finden, wenn dich jemand umdreht und dir unter den Rock schaut?«

»Deshalb trage ich keinen«, antworte ich gelassen.

Die Schildkröte blickt zu der gläsernen Eingangshalle des Hauptbahnhofs hinüber. Sie sieht verloren aus. Der Wind versucht, das Schild vom Ast zu reißen, welcher an dem Karton, auf dem sie steht, befestigt ist.

Der Regen wird stärker, und ich ziehe meine Häkelmütze tiefer ins Gesicht. »Da kommt ein Gewitter.«

Die Schildkröte schaut immer noch an mir vorbei. »Ja, und morgen scheint die Sonne wieder glühend heiß. Wunderbares Thema, das Wetter. Ihr Menschen verschwendet einen erstaunlich großen Teil eurer Zeit damit, über etwas zu sprechen, das ihr nicht beeinflussen könnt. Vielen Dank, aber ich bin gerade nicht in der Stimmung, über dieses Thema zu diskutieren.«

»Ich meine nur, es regnet, und du brauchst ein Dach über dem Kopf.«

»Ich bin eine Schildkröte. Regen macht mir nichts aus.«

»Du bist aber keine Meeresschildkröte«, halte ich dagegen und deute auf ihre kurzen Beine.

»Nur weil ich eine Landschildkröte bin, heißt das nicht, dass ich nicht schwimmen kann. Menschen haben auch keine Flossen. Trotzdem können sie schwimmen.«

»Hm.« Der Regen peitscht mir ins Gesicht. Das kleine Pappplakat saugt die dicken Tropfen besser auf als jeder Schwamm. Auch die Schrift auf dem Rücken der Schildkröte löst sich auf und rinnt an der Seite des Panzers hinab wie Blutstropfen. »Deine Farbe geht ab.«

»Mist.« Ein fetter Regentropfen zerspringt auf ihrer Stirn. Schnell zieht sie den Kopf ein.

»Du musst ja nicht gleich bei mir wohnen«, sage ich gedehnt. »Wir könnten ein bisschen chillen, bis das Wetter besser wird, und dann schreibe ich dir was mit Nagellack auf den Rücken – der hält besser. Deal?«

»Abgemacht«, hallt es aus ihrem Panzer.

Ich strecke ihr meine offene Handfläche hin, damit sie daraufklettern kann.

Es dauert lange. Sehr lange.

Die blonden Haare unter meiner selbst gehäkelten Mütze sind schon nass. Aber ich will nicht wieder unhöflich sein.

Als sie sich endlich auf meiner Handfläche niedergelassen hat, überlege ich, wie ich bei dem Wind mit einer Schildkröte in der Hand Fahrrad fahren soll.

»Möchtest du in meine Brusttasche?«

Sie nickt.

Ich stecke sie in die Brusttasche meiner dunkelblauen Latzhose. Sie passt perfekt hinein. Mit ihrem faltigen Hals lugt sie über den fransigen Rand hinaus.

Ich öffne neugierig den Karton, auf dem die Schildkröte stand. Ein Tuch verdeckt die Gegenstände darin.

»Hey«, ruft die Schildkröte alarmiert. »Privateigentum!«

»Was hast du denn da drin?«

»Bist du taub? Privateigentum!«

»Okay.« Ich verstaue die Box und das Schild in meinem Fahrradkorb. »Ist da vielleicht deine Sprechanlage versteckt?«

»Du und deine Sprechanlagen. Klinge ich etwa wie die begriffsstutzige Siri von deinem Handy?«

»Nö. Ich habe nur noch nie eine sprechende Schildkröte gesehen.«

»Nur weil du noch nie eine gesehen hast, heißt das nicht, dass es sie nicht gibt.«

»Stimmt schon«, antworte ich. »Aber in der Wissenschaft ist das doch so: Etwas wird so lange angenommen, bis es widerlegt wird.« Ich steige auf mein Fahrrad. »Und du wärst ja dann ein Beweis. Beziehungsweise ein Widerleg.«

»Fahr endlich los. Ich bin schon ganz glitschig vom Regen.«

Ich stoße mich vom Boden ab und trete kräftig in die Pedale. »Ich heiße übrigens Marlin«, rufe ich gegen den Wind an.

»Sehr erfreut«, gibt sie zurück.

»Hast du auch einen Namen?«

»So etwas Primitives brauche ich nicht.«

»Dann kann ich dir ja einen geben.«

»Wag es nicht, mich zu anthropomorphisieren!«

»Dich zu was?«

»Mich zu vermenschlichen. Indem du mir beispielsweise einen Namen gibst.«

»Was ist so schlimm daran, einen Namen zu haben? Balthasar wäre doch ein schöner Name. Oder Trita. Mathilde? Fritz? Barbara? Gwendolin? Oder vielleicht Dennis?«

Die Schildkröte sieht lange zu meinem Kinn hoch. »Ich bin eine Schildkröte. Und damit basta.«

Kapitel 2

Der Regen hört pünktlich zwei Sekunden vor Papas Haus auf, nachdem ich mich eine halbe Stunde auf dem Fahrrad abgestrampelt habe. Das frei stehende, zweieinhalbgeschossige Gebäude, in dem ich schon immer wohne, ist gelb gestrichen, mit blauen Fenstern und einem roten Dach. Die Sonne lacht uns spöttisch ins Gesicht, als ich mein Fahrrad die Einfahrt zur Garage hochschiebe. Ich gehe unter dem Vordach am Garagentor entlang, dessen tannengrüne Farbe langsam abblättert, um die Adern aus Rost durchscheinen zu lassen.

Gerade, als ich anfange, mich zu freuen, dass der Regen vorbei ist, landet ein kirschgroßer Wassertropfen mitten auf meiner Nase. Mein Vater ignoriert die verstopfte Regenrinne seit Ewigkeiten.

Ich lehne mein Rad an die Hauswand und laufe durch den Garten zur Terrasse. Ich lege mich in meinen Liegestuhl und tropfe eine Weile vor mich hin.

Währenddessen klettert die trockene Schildkröte aus der Brusttasche und sagt: »Wie gut, dass es geregnet hat – dieser Sommer ist wieder mal viel zu trocken.«

Ich überlege kurz, ob ich meine Mütze über ihr auswringen soll.

Das Reptil tapst auf meinen Bauch und sieht sich von dort aus den Garten an. Neben Omas buntem Imperium aus kleinen Gemüsebeeten steht ein knotiger Baum mit einem Baumhaus und einer Schaukel in der Mitte einer weitläufigen Wiese, die an einen dichten Wald angrenzt.

»Warum suchst du eigentlich ein Zuhause, wenn du dein Haus quasi immer dabeihast?« Ich tippe gegen ihren Panzer.

»Das hat seine Gründe«, sagt sie schnell. »Besitzt du ein Terrarium?«

»Ähm, ich glaube nicht. Aber man kann die öfter mal auf dem Flohmarkt kaufen.« Ich könnte meine Oma mal dorthin mitnehmen, so wie sie mich früher immer mitgenommen hat.

»Ein Terrarium verbraucht viel zu viel Energie.« Die Schildkröte betrachtet mein kleines Baumhaus. Papa und ich haben es vor vielen Jahren zusammengezimmert, kurz nach der Trennung meiner Mutter von uns. Mein Refugium sieht inzwischen aus, als wäre es in die knorrigen Stämme des Baumes hineingewachsen, die es wie eine Hand umfangen. »Wo hätte ich deiner Meinung nach wohnen sollen, wenn ich bei dir hätte wohnen wollen gewollt?«

Ich denke kurz nach. »Du meinst, wenn du bei mir hättest wohnen wollen.«

»Sehe ich aus wie ein Muttersprachler von lächerlichen menschlichen Dialekten?«

»Was ist denn deine Muttersprache? Gibt es Schildkrötisch?«

Sie mustert mich ein paar Sekunden mit ihren schwarzen Murmelaugen. »Haha. Witzig. Nein, gibt es nicht. Es gibt ja auch kein Menschlich.«

Ich lehne meinen Kopf zurück und genieße die Sonnenstrahlen auf meinem Gesicht.

»Zurück zum Terrarium«, plappert sie munter weiter. »Diese Konstruktionen sind eng. Keiner mag es, eingesperrt zu sein, und vier Wände aus Glas sind auch nicht gerade beruhigend. Außerdem: Keine Schildkröte will dabei beobachtet werden, wie sie den Fisch fangen geht. Also, du willst mich doch nicht in so einer Glashölle einsperren?«

Ich runzle die Stirn. »Den Fisch? Im Terrarium?«

Die Schildkröte hebt ihre nicht vorhandenen Augenbrauen. »Butter stampfen. Den Dolch schärfen. Du verstehst schon.«

Meine Stirn legt sich nur noch mehr in Falten.

»Mit der Palme wedeln? Die Perle putzen?«

Schildkröten machen echt komische Sachen. »Nein, ich will dich nicht einsperren.«

Sie wirkt sichtlich erleichtert. »Wo könnte ich denn wohnen?«

»Keine Ahnung. Wahrscheinlich in meinem Baumhaus.«

Die Schildkröte ist sprachlos. Als ich nichts weiter ausführe, gibt sie ein ersticktes Lachen von sich. »Kennst du Albert Einstein?«

»Nicht persönlich.«

»Kennst du seinen Spruch: ›Jeder ist ein Genie. Aber wenn du eine Schildkröte danach beurteilst, ob sie auf einen Baum klettern kann, wird sie ihr ganzes Leben glauben, sie sei dumm.‹«

»Ähm ... ging es dabei nicht um einen Fisch?«

»Das ist – wie so vieles – falsch überliefert.«

»Hast du dafür einen Beweis?«, frage ich.

»Ja! Albert hat den Spruch zu mir persönlich gesagt.«

»Ach was!«, tue ich erstaunt und zitiere dann meinen

Philosophielehrer: »Ich habe auch letztens Sokrates auf der Straße getroffen. Und als er mich gefragt hat, wo der Supermarkt ist, habe ich geantwortet: ›Ich weiß nicht.‹ Er rastete total aus und meinte: ›Das ist es! Du weißt, dass du es nicht weißt! Ich weiß es auch nicht! Wir wissen alle nix! Das macht uns schlau!‹« Das sagt mein Lehrer oft, wenn wir total ahnungslos in der Klasse sitzen.

Die Schildkröte räuspert sich und sieht – diesmal eindeutig zweifelnd – zu meinem Baumhaus hinüber. »Ich wollte nur fragen, wie ich da hochkommen soll. Habe ich Flügel?«

»Ich habe doch auch keine Flügel. Ich komm trotzdem hoch.«

»Ja, weil du ein Affe bist. Ich bin ein Reptil. Ganz bodenständig. Wie soll ich einen Baum hochkommen?«

»Über die Treppe?« Ich deute auf die gewundenen Stufen, die um den Stamm herumlaufen.

»Mit einer ...«

»Du hast Höhenangst.«

»Nein!«, sagt sie in einer Tonlage, die gut zu meiner Badeente passen würde.

»Na dann. Ich habe mal ein Katapult gebaut. Das könntest du auch ausprobieren.«

Kapitel 3

Als ich unsere Outdoor-Fritteuse anmache, erinnere ich mich, dass ich eigentlich abnehmen will. Seit heute Morgen schon. Egal. Morgen ist dann wirklich der Tag. Versprochen.

»Was hast du vor?« Die Schildkröte sonnt sich in dem späten Licht. Sie sitzt auf dem Gartentisch auf unserer Terrasse und beäugt skeptisch das mobile Frittiergerät, das neben ihr steht. Darin brutzelt und spritzt es. Die schwüle Sommerluft wird geschwängert von dem Geruch nach heißem Fett.

Ich schüttele den Karton, den ich aus der Tiefkühltruhe mitgebracht habe. Ein paar Brocken Eis lösen sich ab. »Chicken Nuggets.«

»Ah.« Die Schildkröte sieht weg. »Ich hatte mal eine beste Freundin, weißt du?«

»Nö. Ich habe dich heute erst kennengelernt.«

»Meine beste Freundin, das war ein Huhn. Ein radikales Huhn. Mal links, mal rechts. Unwichtig für so einen Vogel, der keinen vernünftigen Orientierungssinn hat.«

»Willst du mir damit etwa sagen, dass ich keine Chicken Nuggets essen soll?«

Sie ignoriert meine Frage. »Das Huhn ist aus der Bodenhaltung geflohen. Sechsundzwanzig Hühner pro Quadratmeter. Lebenserwartung sieben Wochen. Sie bekam nicht nur ungesundes Essen, es wurde auch noch jede Menge Medizin beigemischt. Ihr Schnabel wurde …«

Ich seufze so laut, dass die Schildkröte verstummt. »Na gut. Dann esse ich halt keine Nuggets.« Ich gehe durch die Glastür in die Küche zum Kühlschrank und nehme eine andere Box aus dem Gefrierfach heraus. Meine nackten Füße tapsen zurück nach draußen über das warme, dunkle Holz unserer Terrasse, das noch feucht ist vom Regen. Dort öffne ich die Packung Fischstäbchen.

»Ernsthaft?«, fragt die Schildkröte. »Das könnten meine Nachbarn gewesen sein.«

»Du bist eine Landschildkröte.«

»Landschildkröten leben auch am Wasser. Einmal kannte ich einen Seelachs, der …«

»Was isst du eigentlich?«, unterbreche ich sie, um mir Geschichten über das Meeresmassensterben zu ersparen. Die Fischstäbchenverpackung ist eh leer. Papa oder Oma. Fifty-fifty. Entweder hat mein Vater nach einem wieder mal zu stressigen Arbeitstag den leeren Karton ins Kühlfach statt in den Papierkorb geschmissen. Oder Oma hat die gefrorenen Stäbchen wie Eis gelutscht. Vielleicht hat sie die auch an unsere Katze verfüttert.

»Salat«, sagt die Schildkröte. »Oder am liebsten Mangold. Hast du Mangold?«

»Ja, baut meine Oma hier im Garten an.« Ich deute auf die Mischbeete neben der Wiese. In der fruchtbaren Erde wuchert das Gemüse nur so vor sich hin. Verschiedene Tomatenpflanzen tragen rote und goldene Früchte.

Je bunter die Ernte, desto verrückter meine Oma. »Nicht mehr regional, sondern schon lokal, ist das nicht cool?«

Sie schweigt, während ihr Blick über Romanasalat, Schwarzkohl und rote Bete schweift.

»Also«, sage ich, »bist du vegan?«

Die Schildkröte zieht den Kopf ein. »Ich bin ganz und gar nicht vegan. Das Panzerknacken ist zudem ziemlich mühselig. Und schmecken tu ich nicht mal mit ordentlich Salz und Pfeffer.«

»Sicher? In China oder so seid ihr doch ein super Leckerbissen.«

Aus dem Gehäuse dringt kein Laut hervor. Dann sagt sie leise: »Ich bin weder schmackhaft, noch besitzt mein Panzer Wunderheilkräfte.«

Da ich merke, dass das Tier sich wirklich zu ängstigen scheint, hebe ich beschwichtigend die Hände. »Sorry, war nur ein Witz. Ich würde dich nie essen.« Es sieht immer noch verkrampft aus. »Ehrenwort. Was ich eigentlich fragen wollte: Bist du Veganer?«

»Immer diese Bezeichnungen: Veganismus, Paleoismus, Fruganismus.« Mit jedem Wort kommt der Kopf ein Stückchen weiter hervor. »Low-Carbismus, Rohkostismus ...«

»Dann mache ich uns einen Salat«, sage ich schnell.

»Flexitarismus, Bananaananasismus, Pseudokannibalismus ...«

»Einen *großen* Salat.« Ich schalte unauffällig die Fritteuse aus und hoffe, dass die Schildkröte jetzt nicht anfängt, über meine Energiebilanz zu reden.

Ich, mittlerweile wieder trocken, habe den Tisch gedeckt und serviere uns Salat in einer Glasschüssel.

Papa ist auch schon von der Arbeit zurück. Er hat sich gleich gestresst mit seinem Laptop an den Esstisch im Wohnzimmer gesetzt. Mir bleibt nichts anderes übrig, als ihm einen Teller Salat hinzustellen und wieder zurück zu dem Panzertier auf die Terrasse zu gehen.

Wenn eine Schildkröte Salat kaut, sieht es einerseits sehr genüsslich aus, andererseits frage ich mich, ob sie sich gleich ihr Kiefergelenk ausrenkt. Oder wie viele Kiefergelenke sie eigentlich hat. »Isst du eigentlich noch was anderes außer Salat?«

»Kaum.«

»Aha! Dann bist du also ein ... *Salatist*!«

Unbeeindruckt kaut sie weiter.

»Die wahre Ernährungsweise ist ganz am Anfang der Nahrungskette geschrieben!«, sage ich und unterzeichne alles mit theatralischen Gesten. »Zeigt Nächstenliebe, brecht das Salatblatt.«

»Iss einfach, Marlin.«

»Nicht das Essen so kochen, dass es zu uns passt, sondern uns ändern, sodass wir zum Essen passen.«

Ihr Blick bleibt unverändert kühl. »Dein Salat wird gleich kalt.«

Ich stelle mich auf den wackeligen Gartenstuhl. »Keine Akzeptanz von Gewalt gegen Tofu und Getreide! Esst für etwas! Da habt ihr euren Salat!«

Da das Reptil weiter kommentarlos Salatblätter abreißt, verliere ich den Spaß an der Sache und lasse mich wieder auf meinen Stuhl hinuntergleiten. »Wie hat das Huhn es eigentlich geschafft, aus dem Knast auszubrechen?«, frage ich stattdessen.

»Mit radikalen Mitteln natürlich«, antwortet die Schildkröte, als wären radikale Mittel so geläufig wie die Milch im morgendlichen Kaffee.

»Du meinst, so mit Stickstoffmonoxid?«

»NO! Eher mit Gewalt.« Sie untersucht eingehend die diversen Blättersorten auf ihrem Teller.

»Oha.« Schweigen. Einen Augenblick beobachte ich, wie das Abendlicht die feuchten Grashalme vergoldet. »Wieso war das Huhn eigentlich deine beste Freundin? Zumal sie ja so linksrechtsradikal war, quasi geradeausradikal.«

Die Schildkröte schluckt ihren Bissen hinunter. »Hat Freundschaft wirklich etwas mit politischen Einstellungen zu tun?«

Ich weiß nicht recht, was ich darauf antworten soll, da ich wenig mit anderen zu tun habe. Im Übrigen hört sich dieser Satz aus dem Mund der Schildkröte recht komisch an. Sie hat immerhin auf der Fahrradfahrt alle Autos als Klimasünder beschimpft. Ziemlich zwecklos, zumal die Menschen hinter den Glasscheiben sie gar nicht gehört haben. »Hm. Man sagt ja: Gleich und gleich gesellt sich gern«, sage ich. »Aber ehrlich gesagt habe ich keine Ahnung, wie die meisten Menschen in meinem Umfeld politisch eingestellt sind.« Ich überlege, wonach ich mir Freunde aussuchen würde. Hauptsache, nett und nicht nervig, vermutlich.

Die Schildkröte versucht erfolglos, Zitronenlimonade aus einem Glas zu trinken, das ungefähr zweimal so hoch ist wie sie selbst. Meinen Vorschlag, zwei Plastikstrohhalme so zusammenzustecken, dass sie besser herankommt, hat sie heftig abgelehnt. »Das Huhn hatte richtig Eier! Und man hat sie ihm weggenommen. Ein Großteil davon landete letztendlich im Müll. Außerdem ist sein ökologischer Fußabdruck praktisch gleich null, weil es, seit es in Freiheit lebt, jeden Morgen Blumen sät, um das ganze CO_2e auszugleichen, das bei seiner Aufzucht entstanden ist.«

»Alter Falter, du suchst dir deine Freunde also nach ihrem ökologischen Fußabdruck aus?« Ich frage mich kurz, wie groß mein eigener ökologischer Fußabdruck wohl ist. Da habe ich, ehrlich gesagt, noch nie drüber nachgedacht, aber ich bin ja auch keine Umweltaktivistin.

»Das möchte ich nicht vollkommen bestreiten, nein.«

Ich lache. »Das heißt, dein allerbester Freund wäre dann ein Mehlwurm, oder was?«

»Ich habe mich schon mit deinem Baum hier angefreundet.« Sie nickt dem Baum mit Baumhaus zu, der unsere Wiese dominiert, während sich alle anderen Bäume mit respektvollem Abstand im angrenzenden Wald tummeln. »Er hat sogar eine negative Bilanz. Bäume sind wie Staubsauger: Sie saugen den Kohlenstoff aus dem CO_2 und befreien das O_2 – setzen also reinen Sauerstoff frei.«

»Okay«, sage ich, »aber ...«

»Bäume sind wie Klimaanlagen: Sie kühlen Städte, indem sie Wasser verdunsten.«

»Aber mit einem Baum kann man sich doch gar nicht richtig unterhalten.«

Der Baum schweigt zustimmend.

Die Schildkröte schaut vielsagend seine Rinde an und raunt dann in seine Richtung: »Es war zu ahnen, dass das von einem Menschen kommt.«

»Wieso?«, frage ich und stecke mir eine Gabel Salat in den Mund.

Das Reptil mustert mich. »So, wie ihr mit Bäumen umgeht. Sie abholzt. Häuser in sie reinbaut. Sie verbrennt und euch vor Kaminfeuern genüsslich ausstreckt.«

Ich schlucke. »Irgendwie müssen wir uns warm halten. Nicht jeder ist so ein tolles wechselwarmes Kriechtier wie du. Ich würde keinen Tag in einem Kühlfach überleben. Du hingegen kannst dort überwintern.«

»Das ist genauso wie mit den Tieren«, übergeht sie meinen Kommentar. »Sie sprechen nicht, also haben sie nichts zu sagen. Man kann sie einsperren, züchten, mit ihnen experimentieren! Ihr seid alle Speziesisten[1]!«

»Chill mal«, sage ich und nehme mir einen weiteren Bissen Salat. »Ich zum Beispiel bin immer nett zu Tieren.«

»Du wolltest gerade klein geschredderte, in Dinosaurierform gepresste Hühnchen in deine Fritteuse werfen. Das nennst du netten Umgang mit Tieren?« Sie schüttelt heftig den Kopf. »Eure jahrtausendalte Ethik ist von extremem Anthropozentrismus durchwirkt!«

Ich seufze und frage diesmal nach: »Was für ein Anthrozentdingsbums?«

»Anthropozentrismus bedeutet, dass eure ethischen Modelle den Menschen in den Mittelpunkt stellen. Alles andere scheint keine Rolle zu spielen: Tiere, Pflanzen, Pilze, Bakterien, Einhörner – alles unwichtig.«

»Okay.« So richtig verstanden habe ich das nicht wirklich. Stattdessen frage ich: »Und warum kannst du jetzt sprechen?«

»Ich habe mich entschlossen, das Schweigen zu brechen. Ihr Menschen scheint immer erst dann zu handeln, wenn Handeln zu spät ist. Die Erde brennt bereits. Da spielt es keine Rolle mehr, wer Schildkröte und wer Mensch ist. Ich muss diesen Super-GAU verhindern.«

»Bin stolz auf dich, Schildi.«

»Nenn mich nicht Schildi. Das ist entwürdigend.«

[1] Da das besserwisserische Kriechtier den Begriff an dieser Stelle nicht erklärt, hier ein Erklärungsversuch: **Speziesismus, der**: Vorstellung, dass Menschen besser als Tiere sind und deshalb fies zu ihnen sein dürfen. So wie beim Sexismus ein Geschlecht oder beim Rassismus Menschen mit einer anderen Abstammung gemein behandelt werden.

Kapitel 4

Als die Sonne hinter dem Wald untergeht, kehrt eine angenehme Kühle ein.

Die Schildkröte schluckt nach ihrem schier endlosen Kauen endlich ihr letztes Stück Salat hinunter und rülpst ausgiebig. »Gibt es hier jeden Tag so ein Festmahl?«, fragt sie dann.

Ich sehe von meinem Liegestuhl auf und schmunzle. »Bestimmt! Wir haben ja jede Menge Mangold im Beet.«

Von der Schildkröte auf dem Tisch sind im dunklen Zwielicht nur noch ihre Umrisse zu erkennen. Sie erklärt mir, dass sie sich nach dieser ausgiebigen Völlerei nicht mehr dazu in der Lage fühle, heute noch nach einem anderen Zuhause zu suchen.

Ist wohl doch nicht so übel hier, wie du anfangs dachtest, freue ich mich insgeheim.

»Könntest du den ollen Baumschuppen für mich herrichten? Ich bin zwar hart gepanzert, aber ich liebe weiche Schlafplätze.«

Ich lächle ihr zu. »Mal sehen, was sich machen lässt.«

Im Keller finde ich einen Schuhkarton. Kombiniert

mit einem alten Nadelkissen von mir und einem frisch gewaschenen Geschirrtuch, kommt die Box meiner Vorstellung von einem Bett für Kriechtiere ziemlich nahe. Ich setze die Schildkröte hinein und balanciere sie dann zusammen mit einem Schälchen Wasser die Stufen um den Stamm nach oben.

Ich taste nach dem Schalter für die Lichterketten, die kreuz und quer im ganzen Baumhaus hängen, damit ich hier nachts etwas sehen kann. Sie sind solarbetrieben, wohlgemerkt. Ich klicke auf den Schalter. »Tadaa!« Ein warmer Lichtschein aus zahlreichen hellgrünen Lampions und bernsteinfarbenen Glühbirnen erfüllt den kleinen Innenraum.

Da Papa neben seinem berufsbedingten Drang, Leben zu retten, auch handwerklich talentiert ist, sieht unser Baumhaus sehr solide aus. Der einzige Nachteil ist, dass höchstens Zwerge darin aufrecht stehen können. Er hat wohl nicht damit gerechnet, dass ich mal groß werde.

Eine Ecke ist vollgestopft mit gemütlichen Decken und Kissen, die ich selbst gehäkelt habe. Es fliegen auch ein paar Häkelanleitungen und benutztes Geschirr herum. Windspiele aus Treibholz vom Rhein baumeln über dem schmalen Balkon. Das Geländer ist aus Ästen geflochten, die Papa und ich in der Natur gefunden haben.

Ich setze die Schildkröte vor dem Fenster mit Aussicht auf den finsteren Wald ab, der am Rande unseres Grundstücks anfängt. Daneben rücke ich die Wasserschale zurecht.

Die Schildkröte beobachtet mich von ihrem Bett aus wie ein König einen treu ergebenen Diener. Sie blinzelt, zupft mit ihrem Mund ein bisschen am Geschirrtuch, klettert dann aus dem Bett und nimmt einen prüfenden Schluck Wasser aus der Schale. Nickend sieht sie zu mir hoch. »Du darfst jetzt gehen.«

»Jawohl, Eure Hoheit.« Einen ehrerbietigen Knicks kann ich mir sparen – ich knie nämlich schon.

Ich klettere wieder hinunter, laufe zur Terrasse und durch die Glastür ins Haus, wo mich das Murmeln von Omas Fernsehprogramm begrüßt.

Papa ist schon wieder vor seinem Laptop eingeschlafen, an dem er die Reste vom Arbeitstag in seiner Arztpraxis abarbeitet. Spucke rinnt an der Hand hinab, auf der sein Kopf liegt. Die blonden Haare (die er eindeutig von mir hat) stehen in alle Richtungen ab. Seine Sorgenfalten lassen sein Gesicht selbst im Schlaf erschöpft und ausgelaugt aussehen.

Vorsichtig ziehe ich ihm die schief sitzende Lesebrille von der Nase und lege sie in ihr Etui.

Ich gehe ins Wohnzimmer, um eine Decke für ihn zu holen. Der Fernseher ist voll aufgedreht, aber niemand sitzt auf der Couch. Typisch Oma. Solange sie auf dem Weg ins Bett nur das Ausschalten des Fernsehers vergisst und nicht ihre Zahnprothese in der Butter versenkt oder versucht, unsere Katze Muska in die Blumenvase zu stellen, ist alles paletti.

Auf der Suche nach der Fernbedienung bemerke ich, dass auf dem Bildschirm etwas anderes läuft als der typische deutsche Serienkrimi. Halb nackte Menschen auf Kanal 666. Ich verdrehe die Augen, als die Frau in der Flimmerkiste mich bittet, sie doch mal anzurufen. Endlich finde ich die Fernbedienung unter Muska, die sich auf einer Sofaritze mit dem Bauch nach oben ausgestreckt hat. Das dreifarbig gescheckte Tier sieht mich empört an, als ich es wieder zurück auf das Sofa setze und den Fernseher ausschalte.

Mit einer Decke gehe ich zum Esstisch zurück. Ich lege sie Papa über die Schultern und drücke einen Kuss auf seine Schmirgelpapierwange.

»Gute Nacht«, flüstere ich und gehe in mein Zimmer.

Im Baumhaus draußen ist immer noch das Licht an. *Hat die Schildkröte auch eine Familie?*, frage ich mich. *Wo sie wohl herkommt? Und vor wem will sie gerettet werden?* Ich schlüpfe aus der Latzhose in mein geringeltes Nachthemd und setze meine Schlafmütze auf, mit der ich mich am wohlsten fühle. *Muss ich sie morgen mal fragen. Vielleicht fühlt sie sich auch manchmal einsam.*

Kapitel 5

Ein ziehender Schmerz an meinem Ohrläppchen weckt mich.

Ich blinzele.

»Mit diesem Schnarchen verscheuchst du glatt alle wilden Tiere aus dem Wald«, tönt es von irgendwoher.

Ich schaue auf meinen Wecker. 03:18 leuchtet es in neongrünen Lettern. Sofort schließe ich die Augen wieder und drehe mich zur anderen Seite.

Eine Stimme kratzt an meinem Trommelfell. »Wobei, in Europa gibt es ja kaum noch wilde Tiere.«

Ich zucke zusammen.

Die Schildkröte hockt auf meiner Bettkante und starrt mich durch das Halbdunkel an, als hätte sie vor, mir das Blut aus dem Nacken zu saugen.

»Was machst du denn hier? Was soll das?« Ich reibe an meinem Ohrläppchen. »Hast du mich gerade etwa gebissen?«

»Du bist nicht wach geworden«, verteidigt sie sich.

»Es ist voll spät, Mann.«

»Ich wäre ja gern früher hier gewesen, wenn der Weg

im Dunkeln vom Baumhaus durch die Katzenklappe bis hierhin mich nicht zwei Stunden gekostet hätte.«

»Oh.« Ich taste nach meiner Nachttischlampe und knipse sie an. »Was ist denn?«

»Ich kann nicht einschlafen.«

Ich lasse mich tiefer in mein Kissen sinken und schließe die Augen. Es gibt nichts, was ich mehr hasse, als meines Schlafes beraubt zu werden. Da ich es aber von Oma kenne, die nachts öfters verzweifelt ihr Zuhause sucht, hole ich tief Luft. »Hast du schon versucht, Schäfchen zu zählen?«

»Ich habe sogar Plankton gezählt. Und die Rote Liste der bedrohten Tierarten aufgesagt. Und den CO_2-Ausstoß von eurem Haushalt berechnet. Nichts hilft.«

»Ich denke mal, dass die Berechnung von CO_2-Ausstößen dich nicht gerade entspannt.« Ich seufze. »Warum kannst du nicht schlafen?«

Sie antwortet nicht. Als ich die Augen öffne, schaut sie durch mein Fenster zum klaren Himmel hinauf. Im blassen Mondschein sieht ihr kleiner Kopf zerknittert aus und die grünen Schuppen ausgeblichen. Ihre Augen glänzen wie zwei schwarze Perlen, in denen eine kluge Seele eingefasst wurde. Ihr Atem, der durch die zwei kleinen Nasenlöcher fließt, geht lang und tief.

Mein Finger streicht vorsichtig über ihren Rückenpanzer. Das Reptil scheint die Berührung gar nicht wahrzunehmen. Die Maserung auf der Oberfläche fühlt sich an wie die Rinde eines Baumes, nur viel feiner. Ist das wie ein Fingerabdruck, oder haben alle Schildkröten den gleichen Panzer? »Komm.« Ich schäle mich aus meiner Decke und schwinge meine Beine aus dem Bett. »Gehen wir Sterne schauen. Das habe ich schon ewig nicht mehr gemacht.«

Die Schildkröte steigt auf meine rechte Hand.

Es dauert lange.

Sehr lange.

Fünf Minuten später schleiche ich leise Richtung Flur. Meine Zimmertür steht wegen Oma immer einen Spaltbreit auf. Aus Papas Schlafzimmer oben dringt leises Schnarchen. Die gerahmten Familienfotos sind im schwachen Mondlicht ihrer Farben beraubt. Auf Zehenspitzen gehe ich über die knarrenden Holzdielen im Wohnzimmer und dann über die kalten Küchenfliesen. Ich schlüpfe in Papas große Schlappen, die nahe des surrenden Kühlschranks stehen. Neben der Glastür zum Garten steht eine dicke Taschenlampe auf dem Boden. Ich wiege das schwere Teil in der linken Hand.

»Was willst du denn mit diesem Knüppel?«, wispert die Schildkröte.

»Das ist unsere Waffe. Falls draußen das Böse lauert.«

»Also, in meinen Augen repräsentiert ihr Menschen das Böse. Mit so einem Flutlicht erst recht!«

Ich ignoriere sie und halte die Lampe kampfbereit.

Die Luft draußen ist abgekühlt, aber immer noch lauwarm. Der Himmel ist so klar, dass ich die Treppe von der Terrasse zum Rasen hinunterlaufen kann, ohne von der Lampe Gebrauch zu machen. Unten angekommen, lege ich mich rücklings ins taufeuchte Gras. Kurz muss ich daran denken, wie oft ich das früher mit Opa gemacht habe und wie Oma jedes Mal geschimpft hat, weil sie die Grasflecken aus unseren Schlafanzügen rauswaschen musste. Meine kinnlangen blonden Haare verfangen sich in den Grashalmen. Die Schildkröte setze ich auf meiner Brust ab.

Über uns schimmert der Himmel.

»Da, das ist der Große Bär.« Ich deute auf die einkaufswagenähnliche Konstellation.

»Immerhin ist der hell genug, dass man ihn durch die

Lichtverschmutzung und den ewigen Smog der Großstadt noch erkennen kann. Du kannst dir gar nicht vorstellen, wie viele Sterne man früher sehen konnte«, flüstert die Schildkröte, ihre Stimme ist wehmütig. »Myriaden von Sternen. Es dauert bestimmt nicht mehr lange, bis man selbst den Großen Bären nicht mehr sehen kann.«

»Ich glaube, dem Bären ist in den Lichtjahren Entfernung ziemlich egal, ob unsere Welt verdreckt«, versuche ich, sie zu trösten. »Wahrscheinlich kann er uns noch nicht einmal sehen.«

»Ich glaube nicht, dass es ihm egal ist. Ich denke, er hat die Bären auf diesem Planeten alle sehr lieb. Vor allem die armen Eisbären, die auf ihren schmelzenden Schollen auseinandertreiben. Weißt du, das Wort ›Arktis‹ geht auf das Griechische ›árktos‹ zurück, das bedeutet ›Bär‹.«

»Wahrscheinlich wird die Arktis dann irgendwann umbenannt«, überlege ich müde.

»An der Arktis kannst du den Klimawandel am stärksten ablesen«, erklärt sie weiter. »Pro Sekunde schmelzen mehrere Tausend Tonnen Eis.«

Eine Weile schaue ich in den Himmel und versuche, mir vorzustellen, wie viel Eis das ist. »Unvorstellbar.«

Das Reptil wackelt aufgeregt mit seinem kurzen, dreieckigen Schwanz. »Sieh mal da, Marlin! Siehst du das W unter dem Nordstern?«

»Meinst du das M?«, wispere ich. »Cassiopeia, glaub ich.« Mein Opa fand diese Konstellation besonders schön.

»Cassiopeia«, ächzt die Schildkröte. »Für euch nur wieder ein Mensch, der zu oft und zu lange in den Spiegel geschaut hat.«

Ich erinnere mich vage an Opas Erzählungen über die Mythologie der eingebildeten Cassiopeia, die sich für so schön hielt, dass selbst die griechischen Götter beleidigt waren.

Für Opa war der Himmel ein offenes Buch mit den Sternen als Buchstaben. Bestimmt verweilt er jetzt zwischen ihnen. »Was ist sie denn für dich?«, frage ich leise.

»Wir nennen sie die Große Chelonia, die weise Meeresschildkröte. Die Flügel des Ws sind ihre Vorderflossen. Im Zickzack schwimmt sie durch den großen Sternenstrom. Wenn der Himmel der Atlantische Ozean wäre, würde Chelonia im Golfstrom schwimmen«, sagt sie. »Ihr Kopf zeigt immer zum Nordstern. So hilft sie den Meeresschildkröten, sich auf dem offenen Meer zu orientieren, um zum großen Ziel zu finden und sich ihr eines Tages anzuschließen.«

»Okay. Also glaubst du, der Himmel ist ein Ozean, und die Schildkrötenseelen steigen dorthin auf?«, frage ich.

»Ich glaube, alles ist ein Ozean.« Sie schaut den Mond an. »Wir alle sind verbunden durch die Strömungen der Raumzeit.«

»*Deep*. Und alles, was wir tun, hat Einfluss auf das ganze Universum und so ein Zeugs, ne?«

»Richtig.« Die Schildkröte nickt. »Wie es der Erde geht, hängt davon ab, was jeder Einzelne tut.«

»Wir sind echt winzig, Schildi. Meine Meinung ist ja, dass wir dem Universum letztendlich piepegal sind.«

»Nenn mich nicht Schildi. Das ist entwürdigend.« Sie krabbelt mit den Vorderfüßen auf mein Kinn und stupst mir gegen die Nase. »Egal, wie klein du bist, ich bin noch viel kleiner. Und ich *werde* etwas bewirken, das weiß ich. Da kannst du mir nicht sagen, dass du nichts bewirken kannst.«

Ich weiß nicht, was ich darauf antworten soll. Aus meiner Perspektive scheint das kleine Reptil einen gigantischen schwarzen Schildkrötenschatten auf das Himmelszelt zu werfen.

»Was ist denn das große Ziel, nach dem die Schildkröten auf dem Meer suchen?«, frage ich.

»Der Heimatstrand.«

Ich betrachte den Nordstern über uns, strahlend weiß. »Hast du auch einen Heimatstrand?«

Die Schildkröte schließt einen Moment die Augen. »Nicht wirklich«, flüstert sie.

Eine Weile schauen wir weiter zum Sternenhimmel hinauf.

»Weißt du, nur weil ich mein Haus immer dabeihabe, heißt das nicht, dass ich zu Hause bin.«

»Du kannst hier zu Hause sein, wenn du willst«, wispere ich.

Die Schildkröte dreht ihren Kopf in meine Richtung, und ich meine, ein freudiges Funkeln in ihren Augen zu erkennen.

Kapitel 6

Im Sommer Sterne anzuschauen hat den Nachteil, dass eine Millionen Mücken die gleiche Idee haben – während sie mich für ihr All-you-can-eat-Büfett halten. Nun sitze ich mit der Schildkröte und meiner Oma am Frühstückstisch und kratze ausgiebig meine Armbeugen.

Ich bücke mich gerade unter den Tisch, um die Auswirkungen des Insektenfestmahls auf meinen Beinen zu begutachten, als ich Rufe vernehme. Beim Aufschauen stoße ich mir den Kopf an der Tischkante. »Autsch.«

Meine Oma hält die Schildkröte gefährlich nah über ihr flüssiges Eigelb und schüttelt sie heftig.

»Loslassen!«, kreischt das Kriechtier. »Das ist entwürdigend!«

Meine Oma hält inne und sieht mich verdutzt an. »Sverre«, ruft sie. Wie so oft verwechselt sie mich mit meinem Vater, aber das bin ich mittlerweile gewohnt. »Ich glaube, ich bin verrückt geworden.« Vorsichtig legt sie die Schildkröte in den Brotkorb. »Der Salzstreuer spricht mit mir.«

Die Schildkröte funkelt mich zwischen zwei Vollkornbrotscheiben hindurch an. »Das ist Tierquälerei!«

»Sorry. Seit Opa gestorben ist, hat meine Oma nicht mehr alle Tassen im Schrank.« Es ist, als hätte Opa einen Teil von ihr mit ins Grab genommen. Jetzt kümmern Papa und ich uns um sie, so wie sie sich immer um uns gekümmert hat.

Oma hört auf, ihre Eierschalen sternförmig zu sortieren. »Ach, mein Junge, was machst du mit dem guten Porzellan?« Sie legt ihren Löffel beiseite und greift wieder nach der Schildkröte.

Diese verdreht die Augen mit dem Kommentar: »Hurra, die nächste Runde.«

»Oma, hast du nicht schon genug Salz auf dem Ei?«, werfe ich ein.

»Oh.« Sie nickt und versenkt die Schildkröte in der großen Teekanne aus Glas.

Ich springe auf. Salzstreuer-in-die-Teekanne-Tradition vergessen! Panisch greife ich nach der Kanne.

Die Schildkröte paddelt genüsslich im Tee. Oma kocht den immer schon früher, jetzt ist er angenehm warm.

Ich lächele über das sinnliche Planschmanöver. »Kein Wunder, dass grüner Tee zu dir passt.«

Abrupt hält die Schildkröte inne. »Boah. Nur weil meine Falten grün sind, heißt das nicht gleich, dass ich grünen Tee mag. Typisch, dass so etwas von einem Menschen kommt.«

»Ähm …«

»Nicht nur, dass ihr Speziesisten seid, ihr seid auch noch Rassisten.«

»Eigentlich meinte ich das wegen der entspannenden Wirkung. Aber okay.« Ich greife nach meiner Tasse mit dem blauen Chamäleon drauf und schlürfe an meinem Kakao.

»Du glaubst mir nicht?«, dringt nun ihre hohle Stimme aus der Teekanne zu mir. »Dann verrat mir doch mal, warum ihr Menschen in eurer eigenen Art Rassen unterscheidet. Bei Chamäleons macht ihr das doch auch nicht, obwohl da jedes eine andere Farbe hat.«

Auf dem Boden meiner Tasse werden die letzten dicken Klumpen Kakaopulver sichtbar. »Das wurde den Biologen dann wahrscheinlich zu bunt. Außerdem gibt es bestimmt verschiedene Chamäleonrassen.«

Die gläserne Kanne umgibt die Schildkröte wie ein Goldfischaquarium, nur dass sowohl das Wasser als auch der vermeintliche Fisch grün sind. Sie taucht kurz unter und kommt wieder hoch. »Und an den Farben habt ihr dann festgemacht, welcher Mensch mehr oder weniger wert ist. Als Ausrede für Verfolgung, Versklavung und Ermordung.«

»Ja, das stimmt, das ist wirklich beknackt. Papa meinte mal, eigentlich sind alle Menschen aus Afrika. Es kann sogar sein, dass ich genetisch gesehen manchen Einheimischen aus Afrika ähnlicher bin als unseren Nachbarn.«

Ehe die Schildkröte antworten kann, beteiligt sich meine Oma aus dem Off an dem Gespräch: »Also, dieser Rassismus, der ist ja was ganz Tolles.«

Die Schildkröte schaut mich triumphierend an. »Siehst du.«

»Oma.« Ich seufze. »Du spielst doch jede Woche Karten.« Manchmal spiele ich mit – soweit das bei einer Doppelkopfrunde möglich ist, bei der fast jeder die Spielregeln vergisst. »Lara ist aus Italien, Zuzia aus Polen … Wärst du rassistisch, dann würdest du sie nicht mögen.«

»Oh«, meint sie. »Ich dachte, du meintest Rhabarberkuchen.«

Die Schildkröte ändert ihre Schwimmrichtung.

Aus den Augenwinkeln sehe ich Omas Hand auf die Teekanne zusteuern. Schnell nehme ich die Schildkröte raus und setze sie auf der Tischplatte ab. Sie tropft dunkle Flecken aufs Holz.

Während ich Oma dabei beobachte, wie sie sich Tee einschenkt, frage ich die Schildkröte: »Sag mal, wo kommst du eigentlich her?«

»Aus der Erde.«

»So wie dein heiß geliebter Mangold.« Ich grinse. »Bist du deshalb so grün?«

Das Reptil verdreht die Augen. »Wenn du mir nicht glaubst, dann schau doch in deinen heiß geliebten Zauberkasten.« Sie deutet auf das Handy neben meinem Teller.

Ich tippe etwas in die Suchleiste von Woogle[2] ein. Aha! Schildkröten vergraben ihre Eier in der Erde. »Eigentlich wollte ich wissen, aus welchem Land du stammst.«

»Land Erde.«

»Ist klar, ich bin auch kein Marsmännchen. Von wo auf der Erde?«

»Man muss nur aus deinem Haus gehen, und da stehen schon Zäune! Ihr nehmt die Erde und malt Grenzen darauf. Dadurch wird das Land, das allen Lebewesen gehören sollte, in Länder unterteilt, zu denen Menschen mit mehr oder weniger Glück gehören. Für uns Tiere gibt es keine Ländergrenzen. Die Natur ist für alle da.«

»Hey, dass stimmt jetzt aber mal echt nicht! Es gibt voll viele Tiere, die sich ihre Territorien markieren und für sich beanspruchen.« Ich stelle meine Tasse ab. »Schau dir die Hunde an. Und Katzen. Und Wölfe.«

[2] Die Namen aller großen Firmen wurden in diesem Buch geändert, um ihre Privatsphäre zu wahren – da legen sie sehr viel Wert drauf.

»Ja, ja und ja«, meint die Schildkröte. »Auch alles Rassisten. Aber wenigstens bauen sie keine Zäune und sperren niemanden ein. Und erklären nicht die gesamte Welt zu ihrem Besitz.«

»Nö. Dafür gehen sie aufeinander los, wenn ein anderer ihr Revier betritt. Soll das besser sein?«

Die Schildkröte blickt mich lange an. »Hast du jemals von einem Phänomen namens ›Krieg‹ gehört?«

Ein Schauer läuft mir den Rücken hinab. Schnell sehe ich zu Oma hinüber, aber zum Glück reagiert sie nicht auf den Begriff. »Psst.«

Die Schildkröte setzt zum nächsten Satz an.

Ich bedeute ihr mit einem heftigen Fuchteln, dass sie leise sein soll. »Sag das K-Wort vor Oma nicht zu laut.«

Die Schildkröte runzelt die Stirn. »Menschen können echt böse sein.«

Ich verdrehe die Augen. »Vielleicht. Menschen können böse sein. Aber nicht alle, okay? Nur weil Menschen Du-weißt-schon-was führen, heißt das nicht, dass alle böse sind. Es gibt bestimmt auch böse Schildkröten.«

»Es gibt niemanden, der nur gut oder nur böse ist. Der gute und der böse Wolf in uns sind gleich stark, aber es kommt darauf an, welchen wir füttern.«

Ich sehe zu Oma hinüber. Ihre weißen Haare haben vom Haarfestiger einen blassrosa Schimmer. Sie legt bedächtig ihren Teelöffel neben dem jetzt leeren Eierbecher ab und sieht zu mir herüber. Ein zufriedenes Lächeln liegt auf ihrem Gesicht und scheint ihre Falten zu glätten. »Marlin«, sagt sie zu mir. Ihre Augen blitzen klar wie zwei kleine Bergseen. »Musst du nicht langsam zur Schule?«

Ich schüttele den Kopf. »Sind noch Sommerferien, Oma. Erst übermorgen wieder.«

»Oh.« Sie neigt ihren Kopf und runzelt besorgt die

Stirn. »Mit wem triffst du dich denn heute? Oder gehst du schwimmen?«

»Nö.«

Sie knetet eine Weile ihre zittrigen Hände. »Dein Papa hat dir heute einen Einkaufszettel geschrieben.« Sie greift nach einem grünen Klebezettel auf der Küchenoberfläche. »Hier. Denkst du daran, das einzukaufen?«

Ich nicke. »Mache ich später. Ich bleibe noch ein bisschen bei dir.«

»Hast du alles, was du brauchst?« Oma greift in die Tasche ihrer gemusterten Jeans und zaubert einen Zwanziger für mich hervor. »Den Rest darfst du behalten.« Ihr verschwörerisches Zwinkern kommt dem eines geschickten Taschendiebes gleich. Analog dazu lasse ich den Schein unauffällig in meiner Latzhose verschwinden.

Oma wischt ihre kunstvoll sortierten Eierschalen vom Tisch. »Und hast du sonst nichts vor? Keine Schularbeiten, die du noch erledigen musst?«

»Ich pass auf die Schildkröte auf«, erkläre ich in der Hoffnung, dass sie sich dann nicht noch mehr Sorgen um mein soziales Leben macht.

»Du bekommst aber hoffentlich ein bisschen Taschengeld fürs Babysitten?«, erkundigt sich meine Oma.

Aus der Teekanne ertönt ein gedämpfter Aufschrei der Entrüstung. Wie ist die Schildkröte bloß so schnell wieder in die Kanne gekommen?

Oma und ich schauen hinein, als wollten wir darin die Zukunft lesen.

Das Reptil funkelt uns vom Grund des fast leeren Gefäßes aus an. »Ich bin kein Baby!«, zetert sie. »Ich bin uralt!«

»Ach, Sverre.« Oma nimmt die Schildkröte aus der Glaskanne und legt sie zum Glück auf dem Tisch ab. »Der Salzstreuer gehört doch nicht in die Teekanne.«

»’tschuldige.« Ich schmunzele, während die Schildkröte ein genervtes Geräusch von sich gibt.

Oma schaut mir wieder in die Augen. »Musst du nicht langsam zur Schule?«

Und täglich grüßt das Duseltier, denke ich. »Hab doch Ferien, Oma.«

»Ah.« Oma steht auf und fängt an, den Tisch abzuräumen.

Es klingelt, und sie geht um den Tresen herum zur Haustür, um sie zu öffnen.

Draußen steht der Fahrer von der Tagespflege.

»O nein«, entfährt es ihr, »heute ist ja Karnevalssitzung im Gürzenich! Das habe ich ja völlig vergessen. Marlin, ich bin noch gar nicht geschminkt!«

Ich wechsle einen angespannten Blick mit dem Fahrer.

»Bin ich auch noch nicht«, sagt er gelassen. »Wir fahren noch zu den anderen, da machen wir das gemeinsam.«

Oma strahlt.

Während ich ihm Omas Handtasche gebe, tauschen wir ein Grinsen aus. Ich helfe dabei, ihr Jacke und Schuhe anzuziehen. Sie winkt mir freudig zum Abschied, dann fällt die Tür hinter ihr ins Schloss.

Ich gehe zurück zum Frühstückstisch. Als ich die Reste meines vor Himbeermarmelade triefenden Toasts in den Mund schiebe, erinnere ich mich, dass ich mich eigentlich gesund ernähren wollte. Egal. Morgen ist dann wirklich der Tag. Indianerehrenwort.

Die Schildkröte beäugt skeptisch, wie ich jeden Finger einzeln abschlecke und von Marmeladenresten befreie. Mit plötzlich heiterer Stimme sagt sie: »Um zum grünen Tee zurückzukommen – hast du noch mehr davon?«

»Klar.« Ich stehe auf, um heißes Wasser aufzusetzen.

»Übrigens hat grüner Tee angeblich auch eine straffende Wirkung.«

Die Schildkröte verdreht die Augen. »Was habt ihr Menschen eigentlich gegen Falten? Echt. Wir Schildkröten tragen sie mit Stolz. Denn sie zeigen, dass man gelebt hat.«

Kapitel 7

Das grelle Licht des Supermarkts strahlt auf die bunte Landschaft aus Obst- und Gemüsehügeln vor uns.

Papa hat mir zwar einen Einkaufszettel geschrieben, aber Papa ist Arzt – seine Schrift ist nur für seinesgleichen lesbar.

Die Schildkröte streckt ihren Kopf aus der Brusttasche meiner Latzhose. »Ich habe eine ›Challenge‹ für dich.«

Ich schiebe den kryptischen Einkaufszettel hinter ihr in die Brusttasche. »Au ja! Ich liebe *Challenges*.«

»Kauf heute nur Gemüse aus Deutschland.«

»*Easy peasy!*« Ich wackle mit dem Einkaufskorb und fange an, die mikroskopisch klein aufgedruckten Herkunftsländer auf den Preisschildern zu entziffern. »Mal sehen. Ananas kommt aus Ecuador. Aber Obst ist kein Gemüse, also kann ich sie ja mitnehmen.«

»Einspruch!«, ruft das Reptil eine Spur zu laut.

Ich grinse und lege die Ananas zurück in die Kiste. »War nur Spaß. Wir brauchen kein Obst. Glaube ich zumindest.« Die Grapefruit kommt aus Israel. Ihre Nachbarn, die Litschis, aus Madagaskar, Avocados aus

Mexiko, Trauben aus Südafrika, Limetten und Melonen aus Brasilien. Und die Tomaten … aus Spanien. *Spanien, Spanien,* noch mehr *Spanien* steht auf den Etiketten von verschiedenstem Grünzeug. »Was essen eigentlich die Spanier? Deutsche Kartoffeln?« Ich gehe zu den Kartoffeln. »Deutschland!« Ich hieve den Fünfkilosack in meinen Einkaufskorb und laufe weiter durch die Reihen. Knoblauch aus China, Feldsalat aus Frankreich, Porree aus Belgien, Walnüsse aus Amerika, Äpfel aus Italien.

»Deutsche Birnen! Und Möhren! Radieschen!« Ich nehme von allem etwas. »Ha! Salat aus Deutschland! Oh, magst du Gurken?«

»In der Tat. Gurken sind schmackhaft.«

»Sorry, aber die Gurke kommt aus Griechenland. Guck mal, der Rotkohl ist aus Holland. Der würde gut zu den Kartoffeln passen. Holland ist doch fast Deutschland.«

»Knapp daneben ist auch vorbei, Kind.«

»Jetzt mobb das Gemüse nicht so! Außerdem hast du gestern gesagt, Ländergrenzen wären bescheuert.«

»Stimmt. Aber darum geht es hierbei nicht. Es geht um Distanzen. Und die kannst du als Mensch nun mal am besten mit deinen komischen Landkarten einschätzen.«

»Du nennst uns Rassisten, dabei ist in unserem Gemüsesortiment die ganze weite Welt vertreten.«

»Ja, weil der Bananenbauer in Kolumbien keinen deutschen Mindestlohn bekommen muss.« Die Schildkröte schüttelt den Kopf. »Verrate mir eines: Warum kommen eure Zwiebeln aus Neuseeland?«

»Wir haben hier nicht genug Ackerfläche. Da kann so ein freundlicher großer Nachbar wie Neuseeland einfach nicht anders, als mitzuhelfen.«

»War das jetzt ironisch gemeint?«

»Nicht doch!«

Zum ersten Mal höre ich die Schildkröte kichern. Glaube ich zumindest. Es klingt wie das Gluckern eines Abflusses, gefolgt von dem Luftstoß eines defekten Föhns.

Ich schleppe mich zwischen den Regalen hindurch.

Die frostige Aura der Tiefkühltruhen weht einen zarten Hauch Kühle über meine Arme. Während die Schildkröte sich neugierig umschaut, fische ich heimlich eine Packung Fischstäbchen hervor.

Vor dem Schrank mit den Eissorten bleibe ich wieder stehen. »Was meinst du? Schokoladeneis? Ach nee, ist ja nicht vegan. Aber hier gibt's auch Sorbet. Na, magst du lieber Erdbeere, Heidelbeere, Mango oder Zitrone?«

»Puh, bei so viel Auswahl wird mir schwindelig.« Die Schildkröte schließt kurz die Augen. »Würde man all diese doppelt und dreifach angebotenen Produkte aus dem Sortiment nehmen, würden die Hälfte der Kühltruhen ihre Daseinsberechtigung verlieren.«

Wir betrachten das endlose Labyrinth der tiefgefrorenen Versorgung für Mikrowellenbesitzer.

»Wer kauft sich bitte einen Zweilitereimer ›*Veganes Pistazieneis mit Karamellsplittern und Walnussstückchen*‹?«, fragt sie.

»Papa.« Ich öffne die Truhe und nehme die Yetipackung Eis heraus, während eine Verkäuferin beginnt, neben uns die Kühltruhe neu zu bestücken. »Er hat einen Verschleiß von einem Eimer pro Woche.« Das Gewicht meines Einkaufskorbes hat sich auf mindestens neun Kilo erhöht. »Und es macht Oma glücklicher als ihre Pillen.«

»Faszinierend.«

Die Verkäuferin blinzelt und sieht genauer auf die Schildkröte hinunter. Sie reißt die Augen unter der dicken

Brille weiter auf. »Han Se do en Dier dobei?«, fragt sie im tiefsten Kölsch.

Die Schildkröte erstarrt.

»Es dat ech?«

Bevor ich antworten kann, bewegt die Schildkröte ihren Kopf ruckartig nach rechts und links und fängt an zu singen: »*Es schnappert die schnappernde Schnappschildkröte.*«

»Ah.« Die Verkäuferin seufzt erleichtert.

»*Schnapp, schnappschnapp, schnappschnapp.*«

»Dat es ävveer en jeckes Spillzeug.«

Abrupt hält die Schildkröte inne. »Spielzeug? Also wirklich! Sie Speziesistin! Tiere sind also nur Objekte, oder was?«

»Enä«, stottert die Verkäuferin. »Diere sin he verbodde.«

»Verboten, pah! Soweit ich weiß, klebt am Eingang Ihres Ladens ein Schild, auf dem explizit ein *Hund* durchgekreuzt ist. *Hunde müssen leider draußen bleiben.* Sehe ich aus wie ein Hund?« Die Schildkröte bellt. Fast trifft sie den Ton eines frisch frisierten Pudels. »Und außerdem, was ist das bitte für ein speziesistischer Ansatz! Einzig und allein eine ganze Tierart aus Ihrem Geschäft zu verbannen. Was haben die Hunde Ihnen getan? Fänden Sie es etwa toll, wenn an der Tür Ihrer Stammkneipe stünde: *Frauen müssen leider draußen bleiben?*«

Der Blick der Verkäuferin hat etwas zunehmend Beunruhigendes an sich. Wahrscheinlich fragt sie sich gerade, ob sie bekloppt ist oder ob sie wirklich von einer Schildkröte zur Schnecke gemacht wird. Ihr Körper ist vollkommen regungslos, nur ein Augenmuskel zuckt.

Ich mache vorsichtig ein paar Schritte rückwärts.

Sie öffnet ihren Mund.

Die Schildkröte fängt sofort wieder an zu trällern: »*Und als das Schnappern nicht klappen wollte – klapperdi, klapperdi, klapp.*«

Rasch verschwinde ich mit ihr in einem Seitengang aus Tiefkühlregalen und eile hastig an den Regalreihen entlang. Immer wieder werfe ich schnelle Blicke zurück. Erst bei den Nudeln verlangsame ich mein Tempo.

»*Da schnappte sie schnappernd nach Luft in der Röhre …*«

»Schnappe halten, sonst schnappt sie uns noch«, keuche ich, nach Luft schnappend, und bewege mich unauffällig Richtung Kasse.

Kilo für Kilo hieve ich meine Einkäufe auf das Kassenband. Danach stelle ich meinen Einkaufskorb auf den Stapel, der sich vor der Kasse auftürmt. Ich werfe einen unauffälligen Blick nach hinten, um mich zu vergewissern, dass die Verkäuferin uns nicht hinterherkommt.

Der Kassierer nimmt das Einkaufstrenndingsbums vor unseren Einkäufen weg und schmettert es in die Metallrinne. Er streckt kurz seine Arme. Dehnt seine Finger.

Rasend schnell zieht er unsere Sachen über den Scanner. Er wirft mir den Sack Kartoffeln zu. Ich schnappe nach den drei Möhren und versuche, sie in meinem Rucksack zu verstauen. Die Packung Fischstäbchen kann ich nicht rechtzeitig auffangen, sie fliegt auf den Boden.

Mit vollen Armen starre ich ihn an.

Sein Blick fragt nach Geld.

Mir fällt ein, dass mein Portemonnaie noch in der Hosentasche ist. Mit einer Hand versuche ich, meine gesammelten Waren gegen die Brust zu drücken, mit der anderen krame ich nach meinem Geld. »Eigentlich wollte ich nicht so viel einkaufen«, nuschele ich. Ich zücke Omas zerknitterten Zwanzigeuroschein.

Der Kassierer schnappt sich den Schein aus der Hand. Die Kasse klackt, die Münzen klimpern, Papier raschelt.

Unter meinen Einkäufen dringt eine erstickte Stimme hervor. »Ich kann nicht atmen«, würgt die Schildkröte, während ich hektisch nach dem Wechselgeld greife, das der motivierte Mitarbeiter mir vor die Nase hält.

Der Eimer veganes Pistazieneis mit Karamellsplittern und Walnussstückchen verrutscht ein wenig und gibt den Kopf der Schildkröte frei. Das Reptil atmet auf.

Mein Gegenüber mustert seelenruhig meine nass geschwitzte Stirn. »Wollen Sie einen Kassenbon?«, fragt er freundlich.

Der Kassenbon ist schon ausgedruckt.

Kapitel 8

»Was ist eigentlich dein Beruf?« Die Schildkröte hockt zwischen Blumentöpfen voller Kräuter auf dem Küchenfenster, gegen das von außen der Sommerregen aus der dunkelblauen Dämmerung trommelt. Der Wasserkocher blubbert. Sie beobachtet mich dabei, wie ich die Küchenschränke nach dem passenden Deckel für den Kochtopf durchsuche.

»Ich gehe zur Schule, in die Oberstufe«, murmele ich in den Gewürzschrank hinein.

»Zur Schule gehen ist doch keine Arbeit.«

»Na, du fragst ja auch einen Teenager nach ihrem Beruf. Außerdem ist Schule auch Arbeit!«

»Verzeihung, bei Menschen kann ich das Alter so schlecht schätzen.«

»Ha!« Hinter Dinkelmehl und Zuckertüten ziehe ich den Deckel hervor. »Auf jeden Topf...«, ich halte meinen Fund triumphierend hoch, »... passt ein Deckel.«

Der Deckel ist zu klein und macht einen tierischen Lärm, als ich ihn loslasse. Die Schildkröte zieht sich blitzschnell in ihren Panzer zurück.

Meine Oma zuckt am Esstisch neben ihrem Berg aus Kartoffelschalen zusammen. Ihre knotigen Hände arbeiten so flink, als wäre sie ein Schälautomat. Ein kaputter Schälautomat, der jede Kartoffel so oft schält, dass am Ende nur noch Streifen übrig sind.

»Oma!«, rufe ich. »Das reicht.«

»Es ist ein Hochzeitsessen.«

»Von welcher Hochzeit denn?«

»Ja, von deiner Hochzeit gleich, mein lieber Sverre. Du hast doch nicht etwa kalte Füße? Mit den wenigen Kartöffelchen kriegen wir doch nicht das ganze Dorf satt.«

»Passt schon. Vertrau mir.« Ich nehme ihr den Schäler aus der Hand und picke die braunen Schalen aus dem Haufen Kartoffelfetzen. Dann kehre ich zum Herd zurück.

»Wie alt bist du eigentlich?«, frage ich die Schildkröte, während ich das Wasser aus dem Wasserkocher in den Topf gieße.

»Rate.«

»Einhundert Jahre?«

»Mensch! Liegt es an den Falten? Das Leben wäre so viel einfacher, wenn nicht alle das Alter immer an Falten schätzen würden!«

»Wie alt bist du denn?«

»Eintausend Jahre!«

Ich hebe meine Augenbrauen. »Mal ehrlich.«

»Schön. Neunhundertachtundneunzig.«

»Das glaube ich dir nicht. Die älteste Schildkröte der Welt wurde hundertsechsundsiebzig Jahre alt.«

»Und das weißt du woher?«

Ich zücke mein Smartphone. »Habe ich gewoogelt.«

»Glaub doch nicht alles, was im Internet steht.«

»Guter Tipp. Und ich dachte schon, Schildkröten hätten durchschnittlich die hundertzwanzigfache Intelligenz eines Menschen.«

Die Schildkröte reißt erstaunt ihre Augen auf. »Echt?«

»Aber glaub ja nicht alles, was im Internet steht«, äffe ich sie nach.

»Touché.«

»Und, was bist du?«, kehre ich, halb im Scherz, zum Thema zurück.

»Grün.«

»Nein, ich meine, von Beruf.« Obwohl ich natürlich weiß, dass Tiere keine Berufe haben. Wobei – Schafe als Mäh-drescher?

»Grün steht für Umweltschutz. Ich rette die Welt sozusagen professionell. Falls dir das noch nicht aufgefallen ist.«

Ich hebe meine Augenbraue. »Bist du so was wie ein Politiker, oder was jetzt?«

»Von den Grünen? Nein. Ich glaube nicht an Parteien.«

»Wieso nicht?«

»Der Umweltgedanke hat kein Parteibuch. Er ist frei oder, wenn du so willst, metapolitisch.« Sie beißt in Zeitlupe in ein herunterhängendes Basilikumblatt. Hinter ihr prasseln die Regentropfen gegen die Fensterscheibe. Mit vollem Mund redet sie weiter: »Und wenn, dann bin ich Partei Erde.«

Ich linse zu meiner Oma hinüber, welche die Kartoffeln bereits auf dem Brett zu einem Stern sortiert hat. »Warte kurz.« Ich gehe zu Oma und lege meine Hand auf ihre Schulter. »Danke dir für deine Hilfe! Jetzt ab in den Kochtopf damit!«

Meine Oma strahlt und streicht mir mit ihren von den Kartoffeln feuchten Fingern über die Wange. »Du bist so ein fleißiger Junge, weißt du das?« Sie trottet mit dem Brett zum Herd und lässt die Kartoffeln in den Topf plumpsen.

Die Schildkröte zieht den Kopf ein und entgeht so knapp ein paar Tropfen kochend heißen Wassers.

Meine Oma packt sie, hält sie gefährlich nah über das Wasser und fängt an, sie zu schütteln.

»Nein!«, rufe ich und reiße ihr das Tier aus der Hand.

Oma sieht mich erschrocken an.

»Lass die Schildkröte in Ruhe! Sonst fällt sie noch in den Topf!«

»Was meinst du mit ›Schildkröte‹?«, murmelt sie und sieht unschlüssig zu den Kartoffeln hinunter. »Ihr jungen Leute und eure komischen Gewürze. Wir hatten damals nur Salz und Pfeffer, wenn überhaupt. So, jetzt mach ich uns mal ganz feines Gemüse.«

»Ist gut«, sage ich und drücke die arme Schildkröte an mein Herz. Aus Erfahrung weiß ich, dass ich Oma jetzt die Küche gefahrlos überlassen kann. Kochen, Gartenarbeit und Zähneputzen kann sie eigentlich noch so gut wie früher.

Ich gehe am Esstisch im Wohnzimmer vorbei zur Couch, von der aus ich Oma gut im Blick habe. Dann setze ich die Schildkröte vorsichtig auf dem Sofa ab. Wenn das Reptil nicht grün wäre, dann wäre es jetzt kreidebleich.

»Sorry, dass meine Oma dich ständig schüttelt.«

»Solange ich kein ›Shaken-turtle‹-Syndrom davon kriege«, stottert sie und nimmt einen tiefen Atemzug. »Schon gut. Ich muss mich nur einen Moment ordnen.«

»Kein Problem. Ordne dich. Hefte dich ab und sortiere dich nach Farbe.« Ich tätschele ihren Panzer, aber sie wirkt immer noch nicht entspannt. Nach einer Weile nehme ich das Gespräch von vorhin wieder auf, um sie abzulenken. »Glaubst du, es gibt Lebewesen, die nicht

Mitglied der Partei Erde sind? Niemand will doch ernsthaft seinen Heimatplaneten zerstören.«

Ihr Aktivistenmodus ist sofort aktiviert. »Setzt man eine Mindestintelligenz bei allen Menschen voraus, dann ist jede Handlung gegen die Erde eine absichtliche Entscheidung. Jeder weiß, dass Benzinmotoren schlecht für die Umwelt sind. Trotzdem fahrt ihr eure Kinder zur Schule, während die Fahrräder im Schuppen verrosten. Das wäre ja kein Problem, wenn ihr Autos verwenden würdet, die nicht so umweltverschmutzend sind. Wasserstoffmotoren gab es schon lange vor den stinkenden Benzinmotoren.«

»Wirklich?«

»Ich habe es selbst gesehen. Sie sind der Champagner unter den Antrieben. Übrig bleibt kristallklares Wasser. Ihr Menschen denkt nie an die Umwelt.«

Ich zucke mit den Schultern. »Menschen haben halt vieles, woran sie denken müssen.«

»Menschen denken zuerst und fast ausschließlich an sich selbst«, erwidert die Schildkröte.

»Wenn jeder an sich selbst denkt«, sage ich, »dann ist an jeden gedacht.« Ich grinse.

Die Schildkröte holt resigniert Luft. »Ich hoffe sehr zu deinem eigenen Wohl, dass das ironisch gemeint war. Was ihr in eure hochtrabende Rechnung nicht einbezogen habt, ist die Natur – und die wird zurückschlagen.«

Hoffentlich nicht zu hart, denke ich und beobachte meine Oma in der Küche. Eine Weile schaue ich ihr beim Kochen zu. Der ganze Raum beginnt, nach Gemüseeintopf zu duften. Ich schaue auf die Uhr. Papa macht wieder Überstunden.

Die Katzenklappe klappert. Mit einem Mordstempo stürmt ein dreifarbiges Bündel durch das Wohnzimmer. Muska gibt ein Miauen von sich. Mit ihrem feuchten

Fell schmiegt sie sich an meine nackten Füße und hüpft dann auf das gegenüberliegende Sofa, um ihren Pelz zu säubern.

»Kannst du eigentlich auch verstehen, was andere Tiere sagen?«, frage ich die Schildkröte. Muska verrenkt sich derweil wie eine Schlangentänzerin im Zirkus, um ihre Hinterbeine zu erreichen.

»Natürlich. Das kannst du bestimmt auch. Aber als Mensch achtest du offensichtlich nicht so sehr auf die Sprache des Körpers oder der Gerüche.«

»*Coolibri*! Was sagen denn zum Beispiel Katzen?«

»Katzen sind sehr, ich sag mal, *schräg*. Richtige Pelznulpen, wenn du mich fragst.«

Muska putzt ihre gescheckte Pfote so energisch, als würde sie gegen sich selbst kämpfen.

»Was sagt sie?«, frage ich.

»Putz, putz, putz!«

Ich lache auf. Muska unterbricht ihr Putzen, sieht unverwandt zu uns herüber und springt dann auf.

»Jetzt sagt sie: Fisch, ich rieche Fischi Fisch!«

Oma stellt grade die Pfanne mit den Fischstäbchen auf den Tisch.

Mein Magen knurrt.

Muska streicht an den Tischbeinen vom Esstisch entlang und versucht vergeblich, von Oma etwas zu essen zu erbetteln. Danach tapst sie wieder zu uns zurück, springt aufs Sofa und dann auf die Fensterbank hinter uns.

Ich lehne mich neben der Glückskatze ans Fenster und schaue nach draußen. Pralle Regentropfen hinterlassen Straßen auf dem Glas. Die flüssigen Perlen reflektieren die Bäume von draußen, als würden sie in ihrem Inneren einen Miniaturwald einschließen. Neben meinem Spiegelbild leuchten Muskas schöne goldene Augen auf dem Glas auf. Eine Gesichtshälfte ist pechschwarz, die andere feurig orange, als wäre sie in der Mitte aus zwei verschiedenen Katzen zusammengeklebt worden. Einzig auf dem Nasenrücken leuchtet ein vornehmer weißer Fleck. In ihrer Brust schnurrt es, als ich über ihr zartes Fell fahre.

»Warum sitzt du eigentlich immer auf der Fensterbank und schaust raus?«, frage ich Muska. »Da gibt's doch nicht so viel zu sehen.«

Die Schildkröte zupft an meiner Latzhose und lässt sich dann von mir auf das Fenstersims setzen. »Das ist ihr philosophischer Fensterbankmodus.«

»Hat Muska das gesagt?«

»Nein, sie hat gesagt, dass sie hier auf die Liebe wartet.«

»Wie romantisch«, sage ich und streichle Muskas Ohr. Wie einfach wäre es, wenn man nur aus dem Fenster schauen müsste, um die Liebe zu finden.

Regentropfen laufen über das gespiegelte Gesicht der Schildkröte und lassen es noch zerfurchter wirken als sonst.

Muska stupst ihren Panzer an und schleckt mit ihrer rosafarbenen Zunge einmal drüber.

Das Reptil scheint zu lächeln. »Kleine Pelznulpe.«

»Gibt es bei dir jemanden?«, frage ich die Schildkröte.

»Wie, *jemanden*?« Irre ich mich, oder klingt ihre Stimme ein paar Oktaven höher?

»Ja, *jemanden* halt.«

»Klar gibt es *jemanden*. Dich gibt's. Mich. Euch gibt's. Oder war das eine existenztheoretische Frage? Ein Philosophieprofessor aus Bonn zog jedenfalls mit dem Spruch ›Die Welt gibt es nicht‹ einige Aufmerksamkeit auf sich. Das bedeutet ...«

»Halt. Stopp. Das meine ich doch nicht. Gibt es jemanden, für den du Schmetterlinge im Bauch hast?«

»Ich würde niemals auf die Idee kommen, wunderschöne Schmetterlinge zu verkosten.«

Mein tiefer Seufzer trübt die Fensterscheibe. »Jemanden, in den du verliebt bist, meine ich.«

»Jemanden, in den ich was?«

»Verliebt bist.«

Ihre grünen Wangen nehmen eine etwas intensivere Farbe an. »Verliebt ... ähem, also ich, ähem, das ist doch ein ausgesprochen menschliches Gefühl.«

»So, so. Und, fühlst du dieses *ausgesprochen menschliche Gefühl*?«

»Ich bin eine Schildkröte.«

»Das schließt sich doch nicht aus.«

»Das geht dich gar nichts an, Menschenkind.«

»Oh, tut es das nicht?«

»Nein.« Sie schaut wieder nach draußen.

Ich grinse über das ganze Gesicht. »Unser altes Ranzreptil ist verliebt, ich fasse es nicht.«

Die Schildkröte sagt erst nichts. Dann klappt ihr Mund fast gleichzeitig mit der Haustür auf, sodass ihr die Worte abgeschnitten werden.

Kapitel 9

»Sieh mal, Papa, ich habe eine sprechende Schildkröte!«

»Wie schön. Waren die Papageien schon ausverkauft?« In seiner Stimme schwingt noch der Arbeitsstress aus seiner Praxis mit. Kurz sieht er zu uns herüber und versucht zu lächeln. Er stellt seine Ledertasche ab und hängt seine Jacke und sein Stethoskop an der Garderobe auf. Er ist noch immer strahlend weiß gekleidet: Polohemd, Hose und ulkige Schuhe.

»Wie war es auf der Arbeit?«, frage ich.

Er kratzt sich am Hinterkopf. »Rücken, Rücken, Rücken, ein paar Krankschreibungen, Erkältung und natürlich Rücken. Wie immer.« Er verschwindet in seinem Schlafzimmer im ersten Stock. Kurz darauf kehrt er in ziviler Kleidung zurück: dunkelgrünes Polohemd, Jeans – eigentlich genauso wie vorher, nur barfuß und in Farbe.

Wir sitzen kaum am Esstisch, da hat die Schildkröte meinem Papa schon die Chroniken der Erderwärmung präsentiert. Oma nimmt das eine Kopfende ein, Papa das andere. Ich sitze links neben ihm, und die Schildkröte attackiert ihn von rechts mit ihren Worten. Die meiste Zeit schweigt er und nickt ab und zu professionell. So, als wäre die Schildkröte eine Patientin, die ihm erzählt, wie toll diese Bach-Blütentherapie wirkt.

Erst, als die Schildkröte auf seinen Tellerrand krabbelt, scheint er ihr wirklich Aufmerksamkeit zu schenken.

Sie räuspert sich. »Eine Frage hätte ich noch, Doc: Wenn ein Kind mit hohem Fieber zu Ihnen kommt, was tun Sie dann?«

»Das kommt ganz drauf an.« Seine Stimme klingt müde. »Ich würde ein wenig Fiebersaft verschreiben, um die Temperatur zu senken. Je nachdem, wie sich der Verlauf darstellt, werde ich nach Ursachen fahnden.«

»Sehen Sie? Die Erde hat auch Fieber, Doc.«

»Ich habe aber keinen Fiebersaft für die Erde.« Er zuckt mit den Schultern. »Und wenn, dann bin ich das Kind von Mutter Erde, nicht sie meines.«

»Auch ein Kind kann seine Mutter pflegen, junger Mann.«

Papa kratzt sich am Hinterkopf und schaut rüber zu Oma. Sie lächelt ihm warm zu. Er wirkt ein wenig überfordert. Nach einem Augenblick antwortet er: »Na ja, die Menschheit ist sowieso viel zu träge, um sich einem abrupten Klimawandel so schnell anzupassen. Wenn die Temperaturen weiter steigen, dann sind *wir* dran, nicht die Natur. Die Natur wird sich regenerieren und anpassen. Aber ob die Menschen das überleben, ist eine andere Frage.«

»Ihr Zukunftsszenario ist gar nicht mal so abwegig«, sagt das Kriechtier. »Stellen Sie sich vor, Sie müssten in so einer Zukunft leben. Und wenn nicht Sie, dann ihre kleine Tochter! Ermuntert Sie das nicht augenblicklich, aufzustehen und sich zu ändern, Doc?«

»Wir alle sterben irgendwann«, antwortet mein Vater resigniert. »Schon jetzt stirbt einer von zehn Menschen an den Folgen der Umweltverschmutzung.«

»Ich bin nicht klein«, platzt es aus mir hervor. »Schmeckt's dir eigentlich, Papi?« Hoffentlich hält das Reptil seinen Schnabel, damit Papa endlich mal zur Ruhe kommt.

»Sehr gut, danke.« Er lächelt mir zu, aber in letzter Zeit heben seine Mundwinkel sich nur noch zu ungefähr siebzig Prozent. Seit Opa an tausend verschiedenen Krankheiten vor einem halben Jahr gestorben ist, lächelt Papa nicht mehr so richtig.

Ich frage mich, wie lange es okay ist, um jemanden zu trauern. Mir fehlt Opa ja auch, schließlich hat er mit uns hier gewohnt und mich mit großgezogen. Aber er hatte zu viele Schmerzen, um das Leben zu ertragen.

Ich beobachte, wie die Schildkröte in Zeitlupe kaut. Sie würde bestimmt sagen, dass mein Opa immer noch hier ist, als Teil der Natur. Zumindest ist er ein Teil von mir.

»Wussten Sie«, mischt sich die Schildkröte wieder ein, »dass Sie gerade ausschließlich Regionales essen? Ihre Tochter höchstpersönlich hat jedes einzelne Gemüse ausgesucht.«

»Nicht direkt vom Feld«, merke ich an.

»Ist mir gar nicht aufgefallen«, antwortet Papa. »Das ist ja toll.«

Schnell sage ich mit vollem Mund: »Ich habe das nur gemacht, weil ich deinen Einkaufszettel mal wieder nicht lesen konnte.«

Oma lacht. »Das ist ja nichts Neues.«

»Beziehungsweise«, fährt das Kriechtier fort, »nur weil es aus Deutschland stammt, ist das Gemüse nicht zwingend regional. Berlin beispielsweise ist genauso weit entfernt von hier wie Paris, und das ist sogar schon in Frankreich.«

»Ja, das ist tatsächlich in Frankreich«, sagt meine Oma. »Da steht der Eiffelturm.« Sie nimmt ein Fischstäbchen in die Hand und beißt genussvoll hinein.

Die Schildkröte kneift ihre Augen zusammen. »Aber: Wussten Sie, dass nicht jeder Fisch, den Sie essen, frei im Meer herumschwimmt? Es gibt fürchterliche Aufzuchtstationen für Fische. Zusammengepfercht auf engsten Raum können sie kaum ihre Flossen ausbreiten. Bevor sie dann endlich sterben dürfen …«

Mein Vater legt seine Gabel beiseite und sieht zu mir herüber. »Ich dachte immer, dass Schildkröten gaaanz langsam sprechen. Die hier redet ja schneller als unser Stadionsprecher. Wo hast du sie eigentlich her?«

»Gefunden. Beim Dom«, antworte ich.

»Du solltest vielleicht im Tierheim anrufen. Eventuell ist sie ausgebüxt. Vielleicht gehört sie jemandem und wird vermisst.«

»Wohl kaum. Eher hatten sie bei der Comedyshow keine Lust mehr, ihr zuzuhören, und haben sie deshalb ausgesetzt«, überlege ich laut.

Der Schildkröte entfährt ein Laut der Entrüstung. »Nirgendwo bin ich ausgebüxt!« Sie schreit fast. »Ich gehöre niemandem außer mir selbst! Ich bin ein freies Wesen!«

»Freiheit ist eine Falle für sich«, meint Papa.

»Das sagen Sie so dahin, Sie, jemand, der nie in Angst und Unterdrückung erlebt hat!«

»Ich schon«, sagt meine Oma. »Freiheit ist viel wert.«

»Apropos Freiheit«, versuche ich, einen Streit zu verhindern, »wann hast du eigentlich deinen nächsten freien Tag, Paps?«

»Das kann ich dir noch nicht so genau sagen. Momentan sind viele Kollegen aus der Umgebung im Urlaub, und ich übernehme ihre Patienten so lange in meiner Praxis.«

»Was bedeutet Freiheit für euch Menschen? Freiheit für euch Menschen besteht darin, dass ihr freiwillig arbeitet. Jeder Sklave, der gerne arbeitet, ist frei.« Die Schildkröte steht mit einem Bein auf Papas Tellerrand und sieht vorwurfsvoll zu ihm hoch.

»Hat das Ding einen Ausschalter?«, fragt er mich. »Ich habe Kopfschmerzen.«

Ich schüttele entschuldigend den Kopf und schlucke einen Happen hinunter.

Meine Oma verschluckt sich und hustet. Sie schnappt nach der Schildkröte und fängt an, sie über ihrem Teller zu schütteln. »Da kommt ja gar nichts raus«, sagt sie verwundert und schaut der Schildkröte in die Nasenlöcher. Sie reicht mir das Tier. »Wärst du so lieb, den Salzstreuer aufzufüllen?«

Ich nicke.

»Tierquälerei!«, quietscht das Reptil.

Ich ignoriere es und hole den richtigen Salzstreuer. Danach essen wir in Ruhe weiter, bis die Schildkröte sich erholt hat und wieder anfängt, auf die unethischen Bedingungen in der Tierhaltung einzugehen.

Oma beginnt, ihre Hände als Besteck zu benutzen. Die Gemüsepampe vervollständigt das Muster auf ihrer geblümten Bluse.

Ich seufze. Langsam bekomme ich die ganzen Flecken nicht mehr aus Omas Wäsche heraus. Früher hat sie wirklich penibel darauf geachtet, dass ihre Kleidung sauber und faltenfrei war. Jetzt mache ich das für sie.

Mein Vater steht auf und holt einen Lappen, um Oma die Hände abzuwischen. »Zeit fürs Bett, Mama.«

Oma grinst ihn an, und gemeinsam gehen sie Richtung Flur.

»Wollen wir gleich noch einen Film schauen?«, frage ich Papa hinterher. »Wir haben auch noch Popcorn.«

»Ich muss früh raus, Prinzessin. Vielleicht morgen?«

Ich strahle ihn an, aber vermutlich hat das weniger von einem Scheinwerfer als von einem Knicklicht. »Vielleicht morgen«, wiederhole ich. Dann winke ich meiner Oma zu. »Zarten Schlaf, Watteschaf.«

»Schlaf gut, Zuckerhut«, murmelt Oma, als die beiden im Flur verschwinden.

Stille kehrt ein. Ich seufze tief und lege meine Gabel beiseite. Mir ist der Appetit vergangen. Ich vermisse Papa. Früher hatte er mehr Zeit für mich.

Die Schildkröte lacht. »Wieso nennt er *dich* denn Prinzessin?«

Ein kleiner Anflug von Wut durchfährt mich. »Du kannst auch nicht ein einziges Mal deine Schnappe halten, oder?«

Sie zuckt zusammen.

»Du laberst die ganze Zeit, hast aber keine Ahnung, was andere durchmachen. Von deinem Gebrabbel raucht mir das Hirn, und meinem Vater auch.«

Sie dreht ihren Kopf einmal hin und her, so als würde sie ihren Nacken einrenken. »Er zeigt bloß das typische Ausweichverhalten eines Erwachsenen.«

»Ihm geht es halt nicht so gut. Er hat den ganzen Tag gearbeitet.«

»Ja, genau«, sagt sie. »Ich konnte schon beim Reinkommen erkennen, dass er unter Klimafakten leidet.«

»Was?«

»In ihm verbirgt sich ein verbitterter Klimaleugner, glaub mir. Er zeigt die typischen Anzeichen: Desinteresse, Ausreden statt vernünftigen Argumentationen, Egalhaltung, fühlt sich unwohl in der Gegenwart von ausgereiften Aktivisten wie mir. Ich finde es erschreckend, wie

Teile eurer erwachsenen Generation sich vom Klimaaktivismus so bedroht fühlen, dass ein ansonsten sicherlich diskussionsfähiger Mensch anfängt, sich selbst Denksperren aufzuerlegen, weil er Angst hat, seinen Lebensstandard ändern zu müssen.«

»Das stimmt doch überhaupt nicht! Er hat einfach keine Lust mehr, heute mit dir zu diskutieren.«

»Ich werde morgen noch einmal versuchen, ihn zur Vernunft zu bringen. Wahrscheinlich hat er erkannt, dass er mit schuld ist.«

»Weißt du, was ich morgen mache?«

»Was?«

»Dich ins Tierheim bringen!«

Die Schildkröte sieht mich direkt an.

Ich starre zurück. »Dann kannst du Tierhaltung auf engem Raum mal aus erster Hand erfahren und weißt dann vielleicht zu schätzen, wie gut du es bei uns hast.«

»Da gehe ich nicht hin«, sagt sie entschieden. »Nie wieder.«

»Dagegen kannst du nichts ausrichten! Ich pack dich einfach ein und gebe dich da ab! Wie in der Natur: Der Stärkere gewinnt!«

»Damit beraubst du mich jeglicher Freiheit.«

»Mir doch egal.«

»Weißt du, in euren Grundgesetzen steht, dass jede Person das Recht auf Meinungsfreiheit und freie Entfaltung hat, auf Leben und körperliche Unversehrtheit. Die Freiheit einer Person ist unverletzlich.«

»Toll! Und meine Meinungsfreiheit ist es, zu sagen, dass du verdammt noch mal deinen Schnabel halten sollst. Ich würde mich gerne beim Essen *frei entfalten* können.«

Die Schildkröte übergeht meinen Kommentar und fragt: »Bin ich keine Person? Warum gilt das Grundgesetz nicht für mich? Weil ich klein und runzelig bin und nur auf vier Beinen laufen kann?«

Ich presse meine Finger so fest gegen die Tischplatte, dass sie am Nagelbett weiß anlaufen.

»Nein, du bist keine Person«, sagt mein Vater und setzt sich wieder zu uns an den Tisch. »Du bist ein Ding, eine Sache. Wenn dir jemand wehtut, dann wäre das höchstens Sachbeschädigung.«

Man sieht, wie der Schildkröte ein Schauer über den Panzer läuft. Ihr Hals verkürzt sich merklich.

Ich spüre, wie meine Wut abebbt, und merke, was für schlimme Dinge ich da eigentlich angedroht habe. »Schon gut, Kleines.« Ich streiche ihr versöhnlich über den Rücken. »Ich werde dich nie ins Tierheim bringen. Versprochen.«

Sie schluckt. In ihrem Gesicht steht eine tiefe Angst geschrieben, und ich erkenne, wie klein sie eigentlich ist und wie einfach es für mich wäre, sie vom Tisch zu fegen. Ich versuche, noch etwas zu sagen, aber ich kann meine Schuldgefühle nicht in Worte fassen.

»Du sagst, du willst die Welt retten, hast aber kein Gefühl für die Gefühle der Person, die dir gegenübersitzt«, sagt Papa in einem sanften Ton. »Und ohne Mitgefühl die Welt retten? Da bist du doch eher der Bösewicht, oder?«

»Tut mir leid«, sagt die Schildkröte schlicht. »Manchmal habe ich kein Feingefühl für die Beziehungen der Menschen untereinander. Schildkröten wachsen ohne Eltern auf.« Sie legt den Kopf schief.

Ich verschränke meine Arme und weiche betreten ihrem Blick aus.

»Es tut mir wirklich leid«, sagt sie.

»Akzeptiert«, gibt mein Vater zurück.

Die Schildkröte nickt. »Gut. Dann würde ich jetzt

gerne zu Bett gehen und euch eure Ruhe lassen. In meinem Alter kann man ohnehin nicht mehr alles mitmachen.« Sie trottet auf die Tischkante zu und sieht noch einmal zu mir zurück. »Zarten Schlaf, Watteschaf.«

Ich muss ein bisschen lächeln. »Bis zur Morgenröte, Schildkröte.«

Kapitel 10

Mitten in der Nacht wache ich auf. Ich drehe mich auf den Rücken, um weiterzuschlafen. Etwas Hartes drückt gegen meinen Nacken.

Sofort bin ich hellwach. Ich greife nach der Taschenlampe neben meinem Bett. Ihr greller Strahl trifft die selbst gehäkelten Stofftiere auf meiner Matratze. Eines davon kneift seine Augen zusammen. Die Schildkröte hockt zwischen meinem dreizehnarmigen Oktopus und dem schwarzen Chamäleon. »Ich ergebe mich!«, ruft sie.

Ich lege die Lampe weg, schalte die Nachttischleuchte an und verschränke die Arme. »Was machst du schon wieder hier?«

Sie blinzelt. »Dieser Panzer ist nicht geschaffen, um das Gewicht eines größeren Säugetieres zu tragen«, schimpft sie. »Du hättest mich platt drücken können. Oder, schlimmer noch, eine Panzerfraktur verursachen! Das sind ganz filigrane Knochenplatten.«

»Was machst du hier?«, wiederhole ich.

»Ich konnte nicht schlafen.«

Ich seufze und gähne. »Warum kannst du denn wieder nicht schlafen?« Ich ziehe sie vorsichtig zwischen den Häkeltieren hervor und setze sie auf mein Knie.

Sie sieht an mir vorbei durch das Fenster. Draußen ist es stockfinster und der Himmel mit Wolken verhangen. »Ich weiß nicht.«

»Hm.« Ich spiele mit dem Bommel meiner kuschelweichen Schlafmütze. »Sternegucken ist heute nicht. Soll ich dir eine Geschichte vorlesen? Schlafen kann ich jetzt auch nicht mehr.«

Die Schildkröte runzelt ihre Stirnfalten. »Sehe ich etwa aus wie ein kleines Kind?«

»Du bist zumindest nicht größer als eines.«

»Größe sagt doch nichts darüber aus, wie erwachsen du bist. Das ist so typisch. Die Welt wird regiert von großen Kindern, und niemand interessiert sich für die kleinen Erwachsenen.«

»Gutenachtgeschichten sind doch nicht nur für Kinder. Früher hat Papa mir immer was vorgelesen. Glaub mir, das wirkt Wunder. Er hat geschlafen wie ein Stein.«

»Wie ein Stein? Steine können zwar aus Rückständen von Tieren bestehen, aber ich habe noch nie von einem Stein gehört, der wach ist.«

»Sag ich doch. Wie ein Stein.«

»Wie Einstein? Was hat Albert denn jetzt damit zu tun?«

»Willst du jetzt eine Geschichte oder nicht?«

Sie schluckt. »Ja. Aber bitte nur auf klimaneutralem Papier.«

»Ist klar. Die Bücher sind so alt, da gab es so was noch nicht. Soll ich die jetzt deswegen wegschmeißen?«

Die Schildkröte grummelt. »Auf keinen Fall. Dafür mussten Bäume sterben.«

Ich stecke sie in die Brusttasche meines Nachthemds und klettere aus dem Bett. Mein Bücherregal ist klein, enthält aber viele Bücher. Sie sind eben alle sehr dünn. »Such dir eins aus.«

Die Schildkröte liest die Titel.

Es dauert sehr lange.

Mit einem Räuspern durchbreche ich ihre konzentrierte Stille. »Kannst du überhaupt lesen?«

»Boah! Nur weil ich ein Reptil bin, nimmst du gleich an, ich wäre Analphabet!«

»Du hast doch selbst gesagt, Deutsch ist nicht deine Muttersprache.«

»Und nur, weil Deutsch nicht meine Muttersprache ist, bin ich zu dumm, um zu lesen? Pah!«

»Ich kann auch kein Japanisch lesen. Deswegen bin ich nicht dumm.«

»Ich kann lesen.« Nach einer kurzen Pause fügt sie hinzu: »Ich kann nur nicht schnell lesen. Ich bin eine Schildkröte. Langsamkeit liegt mir im Blut.«

»Haben Schildkröten überhaupt Blut?«

»Ja. Ich habe sogar ein Herz.« Sie kneift die Augen zusammen, um die Titel besser zu erkennen. »*Die … wilden … Hühner.* Woah! Handelt das von der Flucht tollkühner Hennen aus der Bodenhaltung und anschließender Geiselnahme der bösen Bauern? Ich wusste nicht, dass meine beste Freundin sogar eine Autobiografie geschrieben hat!«

»Ne. Da geht's um eine Mädchenbande, die Hühnerfedern um den Hals tragen.«

»Schmücken sich mit fremdem Gefieder. Wie langweilig.«

»Woher willst du wissen, dass es langweilig ist, wenn du es noch nicht gelesen hast?«

»Weil Menschen die Hauptdarsteller sind.«

»Du verallgemeinerst die Menschen aber ganz schön. Das sind ganz schlimme Vorurteile.«

»Sie verwickeln sich immer in emotionalen Kleinigkeiten und verlieren dabei das Wesentliche aus den Augen«, meckert sie.

»Dann keine Menschen.« Ich schaue mir meine Bücher an und ziehe ein schmales Buch mit dem Titel *Der kleine Garnix* hervor.

»Das ist ja so dünn, dass man es hinter einem Besenstil verstecken kann«, kommentiert die Schildkröte den liebevoll illustrierten Einband mit einer gestreiften Katze und einem grauen Garnix. »Hast du auch dickere Bücher?«

»Nö. Ich liebe Kinderbücher.« Früher haben Mama und Papa sie mir immer gemeinsam vorgelesen. Aber das ist natürlich schon sehr lange her. »Und das ist mein Lieblingsbuch.«

»Kinderbücher? Haben sich da zwei dicke Bücher in einem Busch verkrochen und ein Kinderbuch gemacht?«

Wir kichern.

Ich klemme das Buch unter meinen Arm. »Komm, wir gehen ins Baumhaus, und ich lese dir das hier vor.«

Bevor wir rausgehen, sause ich noch schnell ins Bad, um mich mit Mückenspray einzusprühen.

»Bist du in ein riesiges Schnapsglas gefallen?« Die Schildkröte verzieht das Gesicht, als meine neue Duftnote sie umweht.

Ich greife nach ihr und der Riesentaschenlampe. »So ähnlich.« Diesmal brauche ich die Lampe wirklich, um zum Baumhaus zu finden. Oben angekommen, schließe ich die Eingangsklappe hinter uns und schalte die Lichterketten ein. Ich kuschele mich in die Leseecke und setze die Schildkröte auf meiner Brust ab, damit sie das Buch mit anschauen kann.

»Das kleine Ding, das oben auf dem Dachboden von Haus Nummer 47 liegt, sieht sehr traurig aus«, lese ich vor.

»*Es hat so lange im Dunkeln gelegen, eingequetscht unter altem Gerümpel, dass es sich kaum noch an etwas erinnern kann.*« In meinem Kopf höre ich die tiefe Stimme meines Vaters, die mir von der Familie vorliest, die umzieht und gar nix vergisst außer dem kleinen Garnix.

Die Schildkröte schaut neugierig die Bilder an, und ich habe das Gefühl, dass sie ihr gefallen.

»›*Neue Leute versuchen immer, dich loszuwerden*‹, *sagt die Maus, ohne sich vorzustellen.* ›*Wer bist du?*‹

Der kleine Garnix antwortet gar nix.« Als der kleine Garnix sich durch eine Lücke nach draußen aufs Dach quetscht, sieht er nach der langen Zeit in der Dunkelheit die Sterne über sich und hält inne.

»So, wie wir den Kopf aus dem dunklen Panzer strecken müssen, um die Sterne zu sehen«, sagt die Schildkröte mehr zu sich selbst.

Am Ende wird der kleine Garnix von einer Katze zu der Familie getragen, und der Opa erkennt in ihm sein altes Kuscheltier wieder. »*Obwohl er keine richtigen Ohren, keine Schnurrbarthaare, keinen Schwanz und keine Streifen mehr besitzt, weiß er ganz genau, dass er eine kleine Stoffkatze ist.*«

Die Familie wäscht und flickt ihn wieder, und sie geben ihn dem neugeborenen Baby in den Arm.

Als ich vorlese, dass der kleine Garnix es herrlich findet, endlich wieder jemanden zu haben, der ihn so richtig lieb hat, nehme ich ein unheimliches Summen im Baumhaus wahr. Ich halte meinen Atem an, als sich eine Mücke auf dem Baby niederlässt, das den kleinen Garnix im Arm hält.

»Ich weiß, was du denkst«, sagt die Schildkröte.

»Was?« Ich lasse den sechsbeinigen Vampir nicht aus den Augen.

»Mordpläne.«

»Diese Mücke will mich stechen.« Meine Hände sind kurz davor, das Buch zuzuklappen.

»Sie hat Hunger. So ist die Natur. Es geht immer ums Überleben.«

»Hunger nach meinem *Blut.*«

»Wie viele Tiere haben für dich schon ihr Blut vergossen? Da kannst du einer kleinen Mücke doch auch was abgeben.«

»Aber die Mücke ist ein Parasit.«

»Bist du kein Parasit?«

Die Mücke flattert los und schwirrt gefährlich nahe vor meinem Gesicht herum. Ohne zu atmen, nehme ich die Schildkröte von meiner Brust und setze sie auf dem Holzboden ab.

»Was hast du vor?«, fragt sie. »Hör mir zu. Du willst das nicht wirklich tun.«

Die Mücke lässt sich auf dem Kopf der Schildkröte nieder.

Ganz langsam schließe ich das Buch und richte mich auf.

»Du kannst nicht klar denken«, redet die Schildkröte auf mich ein. »Du fürchtest um dein Leben. Gewalt ist keine Lösung, vertrau mir.«

Die Mücke bleibt noch einen Moment auf der Schildkröte sitzen, dann fliegt sie auf eine Glühbirne der Lichterkette zu.

Ich nähere mich der Glühbirne, das Buch kampfbereit.

»Lass dich nicht von deiner Angst leiten, Marlin. Das führt zu unsäglichem Leid.«

Gleich habe ich sie.

»Was ist, wenn die Mücke ein wiedergeborener Mensch ist? Warum ist dein Leben mehr wert als das der Mücke? Sie hat viel weniger Tage zu leben als du. Wäre da eigentlich nicht ihr Leben wertvoller als deins?«

»Ahrg!« Ich schleudere das Buch in die Ecke. »Ich werd verrückt.« Ich greife nach einem Glas auf dem winzigen Tisch. Ziele auf die Mücke.

»Nein!«, schreit die Schildkröte.

Die Mücke surrt aufgeregt in dem Glas herum.

»Schnell, gib mir was zum Darunterlegen«, befehle ich.

Nichts passiert.

»Schildi!«

»Nenn mich nicht Schildi. Das ist …«

»Mach, dalli! Sonst lasse ich mich noch von meiner Angst leiten!«

»Ich bin eine Schildkröte! Es tut mir leid, dass ich langsam geboren wurde!«

Der Schweiß rinnt meine Stirn hinab. Ich betrachte die Mücke im Glas. Sie flattert heftig mit ihren Flügelchen. Flügel, so fein wie von einer Libelle oder einem Schmetterling. Wollte ich ihr gerade wirklich das Leben nehmen? Habe ich gerade wirklich ein schlechtes Gewissen wegen einer *Mücke*?

»Hmpf.« Die Schildkröte hält mir mit ihrem Mund eine Häkelanleitung für Bikinioberteile hin. Als ich sie ihr abnehme, sagt sie: »Du tust das Richtige.«

Die Baumklappe ist schnell geöffnet, und kühler Sommernachtwind weht mir entgegen. Als ich das Insekt in die Freiheit der Nacht entlasse, fühle ich mich, als hätte ich etwas Gutes getan.

Dieses gute Gefühl hält so lange an, bis ich wieder in die Decken gekuschelt bin und mir auffällt, dass zwei neue Mücken uns mit ihrem liebevollen Surren Gesellschaft leisten wollen.

Kapitel 11

»*Ernsthaft*?! Ein Geländewagen in der Großstadt? Ich glaub, ich spinne! Will der die Parkhäuser von außen erklimmen? Oder im Stau die kleinen Autos überfahren?«

Beim Blinzeln merke ich, dass ich auf etwas sehr Hartem geschlafen habe. Genauer gesagt: dem Fußboden.

»Mensch! Der will bestimmt die Vorgärten platt walzen, um einen neuen Parkplatz zu schaffen.«

Ich schleppe mich schlaftrunken auf den schmalen Balkon des Baumhauses, auf dem eine entrüstete Schildkröte steht und der aufgehenden Sonne Hassparolen entgegenruft. Ein ganz normaler Morgen, vermutlich.

»Wäre es zu viel verlangt, meinen Papa nicht als *verlogenen, baumhassenden, geistig retardierten Lackaffen* zu bezeichnen?« Er parkt gerade sein großes, weißes Auto aus. »Immerhin bezahlt er unser Essen.«

Die Schildkröte sieht zu mir auf. Ihr Blick könnte Wasser gefrieren lassen. »Das ist euer Auto?«

Ich gähne. »Ja. Papa fährt damit zu seiner Praxis. Wie jeden Morgen.«

»Ach so«, sagt sie. »Wie lange braucht er denn zu seiner Arbeit? Muss er dafür auf die Zugspitze?«

»Keine Ahnung. So fünf Minuten?«

»*Fünf Minuten?*« Ihre Stimme scheucht ein paar Vögel im angrenzenden Wald auf. Eine Minute lang atmet sie nur heftig. »Rechnen wir mal«, sagt sie anschließend. »Euer Auto produziert selbst bei einer so kurzen Strecke locker achthundert Gramm CO_2 pro Tag. Rechnet man noch Hausbesuche und so weiter dazu, dann kommen wir auf ein Kilogramm am Tag. Dein Vater fährt mindestens zweihundertzwanzig Tage im Jahr. Das sind zweihundertzwanzig Kilogramm CO_2 pro Jahr. Null Komma zwei Tonnen! Und das war noch nett gerechnet!«

Ich hebe fragend meine Hände. »Ist das eine große Zahl?«

»Das sind hunderttausend Liter! Oder vierzigtausend Luftballons! Und jetzt stell dir mal vor, in Deutschland gibt es neununddreißig Millionen Autofahrer. Wären die alle so wie dein Vater, hätten wir drei Billionen neunhundert Milliarden[3] Liter CO_2.«

»Für so einen kleinen Kopf kannst du aber gut kopfrechnen«, merke ich an.

»In Anbetracht dessen frage ich mich, wozu ihr euren großen Kopf benutzt«, meint sie. »Hat dein Vater kein Fahrrad?«

»Ne. Oder warte, doch, im Keller.«

»Und warum benutzt er das dann nicht?«

»Ist kaputt.«

»Warum repariert er es dann nicht?«

»Keine Zeit.«

»Hast du heute schon was vor?«

»Eigentlich wollte ich dich heute ins Tierheim brin-

[3] Das sind zwölf Nullen. 3 900 000 000 000.

gen. Aber so, wie du mich anschaust, nehme ich mal an, dass ich heute ein Fahrrad repariere.«

Ich setze mich neben sie und atme die Morgenluft ein. Es riecht nach dem Teer der Baustelle in der Nachbarstraße, aber auch nach Nadelbäumen und Wiese. Die Sonne malt den Himmel und die Baumspitzen goldgelb. Tau glitzert überall, und ein paar Vögel zwitschern. »Wunderschön«, flüstere ich und tätschle den Panzer der Schildkröte. Ich habe schon viel zu lange nicht mehr im Baumhaus übernachtet.

»Je schmutziger die Luft, desto schöner der Sonnenaufgang«, sagt die Schildkröte.

»Du hast ein Talent, schöne Momente noch schöner zu machen.«

»Rußteilchen in der Luft filtern das kurzwellige blaue Licht heraus, und nur noch die langwelligen, warmen Farben bleiben übrig.«

»Siehst du, selbst dein größter Feind hat auch schöne Seiten.«

»Ich bitte dich! In der Natur tritt solch ein Phänomen nur bei einem Vulkanausbruch auf.«

Ich entdecke meine Großmutter unten bei den Gemüsebeeten. »Hallöchen Omöchen!«

Sie hält ihren überdimensionalen Sonnenhut fest und sieht zu uns hoch. »Kind, was machst du denn da oben?« Sie kommt auf den Baum zu. »Und noch im Schlafanzug? Fall mir da bloß nicht runter!«

»Hab mit der Schildkröte hier übernachtet.«

»Verrückt.« Meine Oma schüttelt den Kopf und macht ihre Kettensäge an.

Blitzschnell klettere ich vom Baum. »Oma!«

»Was ist denn?«, ruft sie über den Lärm der Kettensäge hinweg. »Brauchst du wieder Hilfe bei deinen Matheaufgaben?«

»Was machst du mit der Kettensäge?«

Sie starrt das Werkzeug an und macht es aus. »Ich will einen Baum fällen.«

»Darf ich dir helfen? Ich wollte schon immer mal einen Baum fällen!«

»Hast du sie noch alle?«, ruft die Schildkröte von oben.

Ich ignoriere sie, während Oma mir kommentarlos die Säge überreicht. »Danke! Ich hol noch was aus dem Keller.«

»Ist gut.« Oma beugt sich zu ihren Beeten hinunter und scheint ihr eigentliches Vorhaben schon wieder vergessen zu haben.

Ich renne ins Haus und verstecke die Kettensäge im Keller hinter Papas Fahrrad. Mein schneller Herzschlag beruhigt sich langsam wieder. Notiz an mich selbst: mit Papa über das Kettensägenproblem reden.

Ich gehe zurück ins Erdgeschoss in mein Zimmer, um mich mit der stärksten Sonnenmilch einzuschmieren, die es gibt. Jetzt kann nur noch eine Ritterrüstung mich besser vor den schädlichen Sonnenstrahlen schützen. Währenddessen behalte ich Oma durch das Fenster hindurch im Auge. Als ich nicht mehr klebe, ziehe ich ein weißes T-Shirt und eine Latzhose an, der ich mal die Hosenbeine abgeschnitten habe. Ich binde meine kinnlangen Haare zu zwei kleinen Zöpfen zusammen. Auf dem Weg zur Küche setze ich mein rotes Käppi auf und schiebe den blonden Pony aus dem Gesicht.

Zum Frühstück schmiere ich Oma und mir ein fettes Butterbrot mit Erdbeermarmelade und Honig. Nach meinem ersten Bissen fällt mir ein, dass ich heute eigentlich mit meiner zuckerfreien Diät anfangen wollte. Egal. Morgen ist dann wirklich der Tag. Ich schwöre es, so wahr ich Marlin heiße!

Ich gehe auf die Terrasse und beobachte einen Augenblick, wie Oma den Mais in ihrem Milpa-Beet streichelt. Ich erinnere mich noch gut an den Tag, an dem sie dieses Beet angelegt hat.

»Was pflanzt du da?«, hatte ich neugierig gefragt.

»Wie bei den Menschen verstehen sich auch nicht alle Pflanzen gleich gut.« Oma hatte sich auf den Rechen gestützt und den Schweiß von der Stirn gewischt. »Mais, Bohne und Kürbis sind wie drei Schwestern, die so unterschiedlich sind, dass sie sich perfekt ergänzen: Die große Schwester Mais dient der Bohne als Rankgerüst. Die Bohnen geben den anderen beiden Nahrung. Der großblättrige Kürbis bedeckt den Boden und schützt ihn vor Austrocknung.«

»Kann ich auch eine Schwester haben?«, hatte ich gefragt und es mir in dem Moment auch sehr gewünscht.

»Sicher«, hat Oma gesagt. »Jeder kann deine Schwester sein, wenn du es dir wünschst.«

»Dann bist du meine Schwester«, hatte ich gesagt. Heute verwechselt Oma mich auch manchmal mit einer ihrer Schwestern, und ich stelle mir gerne vor, dass sie sich dabei an dieses Gespräch erinnert.

Ein lautes, genüssliches Schmatzen tönt durch die warme Luft. Die Schildkröte wuselt mit etwas Abstand zu meiner Oma durch die Beete und beißt von allem etwas ab. Wie ist sie bitte schön vom Baum heruntergekommen? Ich gebe Oma ihr Bütterchen.

»Wo ist denn das Fahrrad, das du reparieren wolltest?«, fragt das Reptil mich. Muska taucht neben ihm im Salatbeet auf und kommt zu mir, um das Erdbeermarmeladenbrot anzumauzen.

Ich haue mir gegen die eigene Stirn. »Voll vergessen. Das steht jetzt vor der Kettensäge.«

Oma schaut neugierig auf.

»Hammer«, sage ich schnell. »Ich meine, vor dem Hammer.«

Oma widmet sich wieder dem Beet und fängt an, darüber zu fluchen, dass die Schnecken wieder den ganzen Mangold fressen. Die Schildkröte zieht schnell ihren Kopf ein und schleicht sich ein Stück weiter zwischen dem Grünzeug davon.

Nach meinem Frühstück hole ich Werkzeug und Papas Fahrrad aus dem Keller. Es war mal meerblau, jetzt ist es mehr grau.

Draußen mache ich mich an die schwere Reparatur: Aufpumpen, Putzen, Ölen, fertig.

»Von wegen kaputt«, meckert die Schildkröte, während sie an einem besonders saftigen Mangoldblatt knabbert. »Der einzige Schaden war, dass es nicht benutzt wurde.«

»Armer Drahtesel«, sage ich zu dem Ding und stelle es in die Einfahrt, damit Papa es auch sieht, wenn er von der Arbeit zurückkommt.

Oma hat angefangen, eine Kiste Setzlinge einzupflanzen.

»Ist das wirklich richtig so, Oma?«, frage ich sie vorsichtig. »Irgendwie kommt es mir komisch vor, dass die Wurzeln nach oben zeigen.«

»Ich glaube schon«, sagt Oma. »Wenn ich mich richtig erinnere. Aber das muss ich ja nicht.«

Die Schildkröte und ich machen uns daran, alle Setzlinge umzudrehen und richtig einzupflanzen. Das heißt, ich buddle vor mich hin, während die Schildkröte die abgefallenen Blätter frisst. »Das ist, als würdest du durch ein Beet voller Pralinen spazieren«, schwärmt sie.

»Meine Oma ist wie eine Handvoll Pralinen«, flüstere ich zurück. »Bei manchen ist die Füllung echt verrückt.«

»Ich finde deine Großmutter gar nicht verrückt«, sagt

die Schildkröte. »Das denkst du nur, weil sie nicht so denkt wie du.«

»Meine Oma hat den Dusel. Der Dusel sitzt in ihrem Kopf und polstert ihn mit Watte aus. Manchmal frisst er ihre Gedanken, und wenn er Lust hat, erzählt er komische Geschichten.«

»Ich mag deine Oma«, sagt die Schildkröte. »Abgesehen davon, dass sie einen Baum fällen wollte und mich als Salzstreuer benutzt.«

»Vergiss es doch einfach. Oma hat das auch längst vergessen.«

»Ich habe ja schon viele Menschen getroffen, aber nur wenige strahlen so viel Glück aus wie deine Großmutter.«

»Na ja.« Meine Oma hält gerade ihr Gesicht in die Sonne und schließt ihre Augen. »Sie ist nicht immer so fröhlich. Manchmal weint sie auch oder macht Sachen kaputt oder schreit laut *›Die Bomber sind über uns!‹*«

»Tun wir das nicht alle?«

»Also ich schreie für gewöhnlich nicht *›Die Bomber sind über uns!‹*.«

»Natürlich nicht. Da warst du ja noch gar nicht geboren.«

»Oma war in Köln, als es dem Erdboden gleichgemacht wurde«, flüstere ich. »Aber sie hat wie der Dom kaum Kratzer abbekommen.«

Die Schildkröte scheint sich an irgendetwas zu erinnern, an das sie sich nicht erinnern will. »Glaub mir: Das Pfeifen von Bomben kann man sein Leben lang nicht vergessen.« Sie sieht mich an. »Lausch mal, was du jetzt hörst.«

Ich halte inne. Der Nachbar mäht den Rasen, meine Oma spricht mit Muska, ein Auto fährt unsere Straße entlang, und ein leichter Wind raschelt in den Bäumen.

»Die Bombe, die jetzt pfeift, ist die Stille«, sagt die Schildkröte unheilschwanger. »Die Insekten zirpen nicht mehr, die Bienen hören auf zu summen, das Lied der Vögel wird immer einstimmiger. Du rennst nicht weg, weil es kein Pfeifen gibt, das du hören könntest. Doch wenn diese Bombe explodiert, dann nimmt sie uns alle mit. Und diesmal gibt es keinen Schutzbunker, in den ihr Menschen euch verkriechen könnt.«

Ein Schauder läuft meine Wirbelsäule hinab, und ich bemühe mich, diese Worte zu verdrängen.

»Die Natur gibt uns Zeit auf dieser Welt, und gleichzeitig sind wir ihre Zeit«, sagt das Kriechtier.

»Hm.« Ich merke, dass ich die schon umgesetzten Setzlinge wieder aus der Erde ziehe. Was die Schildkröte sagt, klingt alles so düster. Andererseits ist es schon lange her, seit ich die letzte Biene gesehen habe. Außer Elstern, Tauben, Spatzen und grünen Papageien gibt es kaum noch andere Vogelarten.

Als ich endlich alle Setzlinge richtig eingepflanzt habe, springe ich auf und rufe: »Eiszeit!« Drinnen hole ich das vegane Pistazieneis mit Karamellsplittern und Walnussstückchen aus dem Gefrierschrank, gebe je eine Portion in zwei Schälchen und stelle zusätzlich eine Karaffe Wasser auf das Tablett.

Ich lege mich neben die Schildkröte in meinen Liegestuhl. Der Stuhl glüht wie ein Grillgitter. »Puh, das ist schon keine Hitzewelle mehr, das ist ein Tsuwarmi.« Ich genieße mein Eis. Es zergeht ratzfatz auf meiner Zunge. »Bei dem Wetter müsste selbst den Tiefseefischen der Klimawandel auffallen.«

»Du hast doch einen Sonnenstich«, sagt die Schildkröte. »Dir ist hoffentlich bewusst, dass du das Klima nicht mit dem Wetter gleichsetzen kannst, oder? Klimawandel hat bloß zur Folge, dass sich das Wetter verändert. Es regnet öfter oder, wenn du Pech hast, gar nicht mehr. Stürme kommen auf, aber eben auch extreme Hitze. Alles wie immer, nur extremer. So wie in eurer Politik.«

»Wieso wird es denn extremer?«, frage ich.

»Weil die Klimaerwärmung zunimmt. Wärme ist Energie, und wenn mehr Energie im System ist, dann wird das Wetter immer extremer.«

Mein Sonnenschirm könnte Karriere als Treibhaus machen. Zumindest scheint er für seinen Job als Sonnenschutz nicht mehr qualifiziert zu sein. »Klimareferat am Morgen vertreibt alle Sorgen«, nuschele ich, weil mir die Vorträge der Schildkröte langsam unheimlich werden und mich bei dieser Hitze noch mehr ins Schwitzen bringen. Mit einem Schluck trinke ich das ganze Wasserglas leer. Die Klimareferate in der Schule waren harmlos dagegen.

Gerade, als ich versuche, mich an meinem letzten freien Tag zu entspannen, lässt sich eine Wespe auf meinem Eis nieder. Ich kreische vor Schreck, springe auf und fuchtele wild um mich. »Ist sie weg?«, frage ich die Schildkröte gehetzt.

Sie sieht mich irritiert an. »Es ist doch nur eine Wespe. Die ist viel kleiner als du.«

»Aber sie will mich stechen!« Ich fuchtele weiter mit meinen Armen und versuche, den surrenden Plagegeist wegzuscheuchen.

»Ja, wenn du nach ihr schlägst.«

»Wespen sind eine Plage!« Fast fliegt mir das Insekt in den Mund. Ich verstecke mich hinter meinem Liegestuhl, während die Wespe auf Schildis Portion landet und mit ihren Kneifern das Eis probiert. Ihre Wespentaille vibriert.

»Mach das weg«, flüstere ich dem Reptil zu.

Die Schildkröte seufzt. »Wenn du die Wespe unbedingt loswerden willst, dann bau doch einfach eine Wespennest-Attrappe.«

»Eine Attrappe?«

»Du nimmst einfach eine alte Brötchentüte, knüllst sie zu einem Ball zusammen und hängst ihn auf. Im Gegensatz zu euch Menschen respektieren die Wespen einander nämlich.«

Ich flüchte nach drinnen und knalle die Tür zu. Als ich wieder herauskomme, ist mein Eis zu einem grünen Pudding geschmolzen. Ich hänge zwei Attrappen an der Terrasse auf und warte ab. Nach einer Weile merke ich, dass die Luft tatsächlich frei von den gestreiften Insekten ist. »Das funktioniert ja wirklich.« Ich lasse mich wieder in den Liegestuhl fallen. »O Mann, es ist so heiß, dass auf den Feldern der Mais zu Popcorn wird.«

Die Schildkröte taucht erst ihren Kopf in die Wasserschale, dann klettert sie ganz hinein. »Es ist so heiß, dass ich mich wundere, dass eure Autos nicht am Asphalt kleben bleiben.«

»Es ist so heiß, dass ich hier im körpereigenen Fett frittiert werde.«

»Es ist so heiß, dass selbst die Tropenpflanzen eingehen.«

»Es ist so heiß, dass der nächste Kinderfilm ›Findet Limo‹ heißt.«

»Es ist so heiß, dass ich in meinem Panzer bald zu echter Schildkrötensuppe werde.« Das Reptil stöhnt.

»Es ist so heiß, dass du Chili isst, um den Mund zu kühlen.« Ich bemerke, dass meine Haut zu schmelzen anfängt wie das Pistazieneis. »Langsam müssen wir was gegen diese extreme Hitze unternehmen.«

»Gut beobachtet«, sagt die Schildkröte. »Wir müssen das Klima retten.«

Ich stöhne. »Ich will grad nicht das Klima retten, das dauert mir zu lange. Ich will jetzt uns retten.«

»Das ist doch dasselbe. Was glaubst du, ist unsere Rettung?«

»Ein Schwimmbad?«

»Kind. Hast du denn gar nichts gelernt? Der Wald natürlich.«[4]

[4] Bin keine Fußnote. Ich gieße hier nur. Ist ganz schön trocken.

Kapitel 12

Mächtige Baumkronen formen ein Dach über uns. Ihre Blätter schützen uns vor den heißen Sonnenstrahlen und kühlen die Luft. Die Erde bröckelt unter meinen nackten Füßen, denn bei der Hitze zwänge ich mich nicht in Schuhe. Baumstämme dämpfen die Geräusche der Autos wie ein hoher Gartenzaun. Ab und an sehe ich Spatzen durch die Luft flattern. Ein lauer Wind weht durch die sanften Schatten. Neben uns glitzert ein kleiner Bach.

»Hier lässt es sich aushalten.« Die Schildkröte sieht sich von meiner Brusttasche aus das Spiel der Blätter in den Ästen an.

Ich nicke und atme tief ein. Auf eine unbeschreibliche Art fühle ich mich mit der Schildkröte und dem Wald verbunden. »Was würden die Bäume wohl sagen, wenn sie reden könnten?«

»Sie können bestimmt reden, oder zumindest kommunizieren.« Die Schildkröte schaut nach oben.

Am Wegesrand sichte ich meine Dichtende Fichte. Direkt unter diesem Baum habe ich früher mit Papa gepicknickt und dabei dem Rascheln der Nadeln gelauscht. Wir haben hier stundenlang gelegen und uns ein Wortspiel nach dem anderen ausgedacht. Es ist unser Baum.

Eine dichtende Fichte ist natürlich genauso unsinnig wie eine fichtende Dichte. Trotzdem bin ich noch heute davon überzeugt, dass dieser Baum in Reimen spricht, wenn ich genau hinhöre.

Ich umarme die Dichtende Fichte. Meine Wange an die raue Rinde gepresst, atme ich den Duft ihres Harzes ein. Ich höre mein Herz in den Ohren pochen und bilde mir ein, dass auch das Herz des Baumes pocht.

»Umarmen wir gerade einen Baum?«, ertönt es gedämpft aus meiner Brusttasche.

Ich löse mich aus der Umarmung. »Sorry. Ich dachte, da Bäume die Lösung für den Klimawandel sind, können wir sie ja auch mal umarmen.«

»Die Lösung für den Klimawandel?«

»Weißt du das denn nicht?«, frage ich sie verwundert. »Die Bäume sind wie CO_2-Staubsauger? Alles, was wir tun müssen, ist, die Welt wieder mit Bäumen zu bepflanzen.«

»Natürlich weiß ich das. Aber einfach planlos irgendwo irgendwelche Bäume hinzupflanzen macht es nur noch schlimmer. Vor allem Fichten. Monokulturen sind für Wälder genauso schädlich wie für eure Gesellschaft.«

Ich folge dem Lauf des kleinen Bachs. »Also müssen wir einfach die richtigen Bäume pflanzen.«

»*Einfach* ist gut. Kein Laden hat die ›Bunte Samenmischung für den perfekten Wald‹ im Sortiment. In einem gesunden Wald muss alles im Einklang sein. Es dauert viele Hundert Menschenleben, bis die Natur ein Klima wie im Regenwald erschaffen hat. Für so ein komplexes Zusammenspiel aus Pflanzen, Klima und Tieren denkt ihr Menschen viel zu primitiv.

Und wenn pro Minute so viel Fläche Regenwald gerodet wird wie die von Dutzenden Fußballfeldern, macht es das Ganze nicht einfacher. Um das Klimaproblem zu lösen, müssten wir eine Milliarde Hektar Wald aufforsten. Wie willst du das schaffen?«

»Das schaffen wir beide nicht.« Ich zucke mit den Schultern. »Also lassen wir es.«

»Nein! Jeder muss dazu beitragen!«

»Wie viel Wald gibt es denn überhaupt?«, frage ich.

»So circa drei Milliarden Hektar.« Sie holt tief Luft. »Du weißt gar nicht, wie schön die Natur früher mal war, Marlin. Aber der Tag, an dem Naturschutz attraktiver wird als der Raubbau an der Natur, liegt so weit in der Zukunft wie das Aussterben der Menschheit.«

»Du bist heute ein echter Schwarzseher«, sage ich zu ihr.

»Und du ganz schön blauäugig«, gibt sie zurück.

Der Bach am Wegesrand mündet in einen kleinen See. Ich setze mich ans Ufer und lasse einen Fuß ins Wasser baumeln. Es riecht nach Algen und nach Enten, nach getrockneten Tannennadeln und ein bisschen nach meiner Sonnencreme.

Die Schildkröte klettert aus meiner Tasche. Ich helfe ihr ins feuchte Nass. Sie schließt ihre Augen und lässt sich von den winzigen Wellen schaukeln. »Weißt du, was noch besser ist als Bäume?«

»Was?«

»Algen.«

»Igitt.«

»Selber igitt.« Die Schildkröte schwimmt eine Acht. »Die Algen reinigen die Meere wie Lunge und Leber den Körper eines Alkoholikers.«

»Die Dinger sind aber glitschig und glibberig.«

Neben der Schildkröte taucht etwas auf, das glitschig

und glibberig ist, mit zwei großen Glupschaugen. »Oh, eine Kröte!«, rufe ich. »Sieh mal, dein Bruder.«

»Iiiiiiiiiiiiiiiiiiiiiiiiiiihhhh!« Die Schildkröte quietscht wie eine überfahrene Badeente.

Die Kröte glotzt neugierig zu ihr hinüber.

»Hol mich hier sofort raus!«, kreischt die Schildkröte und paddelt panisch mit ihren Beinchen.

Ich nehme sie aus dem Wasser und setze sie auf meinen Schoß. »Das ist doch kein Hai, die tut doch nichts.«

Die Kröte macht einen großen Hops aus dem Wasser und landet neben mir.

»Na, hallo, wer bist du denn?« Ich grinse sie an.

Die Kröte lässt mich nicht aus den Augen.

»Mach, dass du wegkommst, Warzenkopf!«, schnauzt die Schildkröte. »Zurück in den kalten Schlamm, wo du hingehörst!«

»Woah, Schildi, komm mal runter! Die Kröte hat dir doch gar nichts getan.«

»Doch. Sie hat mich einen Menschenkuschler genannt. Und dann hat sie mich als Obdachlosen mit Haus auf dem Rücken beschimpft.«

»Wirklich? Dabei bist du doch auch eine Kröte.«

»Vergleiche mich nie, niemals mit diesen zwielichtigen Schlammkreaturen! Das ist entwürdigend.«

»Wieso denn nicht?«

»Das würde ja bedeuten, dass ich unter meinem Panzer eine Kröte bin. Aber ich bin keine Kröte! Zähle mich niemals zu den giftsprühenden Amphibien, welche die Schattenreiche der verseuchten Gewässer regieren. Seit Generationen sind wir Erzfeinde.«

»Hm. Und wenn du einfach mit ihr Frieden schließt? Erklär ihr doch, warum du jetzt mit uns Menschen abhängst und dass sie genauso vom Klimawandel betroffen ist.«

»Dafür ist ihr Gehirn viel zu matschig.«

Die Kröte quakt mich an.

»Was hat sie gesagt?«

»Dass du deinen Stinkefuß aus ihrem prachtvollen Heimatsee rausnehmen sollst. Er vergiftet noch ihre ganze Sippe.«

Beleidigt ziehe ich meinen Fuß aus dem Wasser. »Halt die Klappe, Warzenkopf!«, beschimpfe ich die Kröte. »Der See ist für alle da!«

Nach einem grauenhaften Quaken platscht die Kröte zurück in den See und spritzt mir Tümpelwasser auf die Latzhose.

»Verzieh dich!«, rufe ich hinterher. »Boah ey. Komm, Schildi, wir gehen!« Ich packe das nasse Reptil in meine Brusttasche und gehe zurück in Richtung Garten.

»Wollten wir nicht Frieden schließen?«, erkundigt sich die Schildkröte.

»Was bestellt eine Kröte im Supermarkt?«, frage ich sie.

»Keine Ahnung.«

»Quark.«

Der Schildkröte entfahren furzende Geräusche, die vage an Lachen erinnern. Als sie sich eingekriegt hat, fragt sie: »Wie nennt man eine dünne Kröte?«

»Quak?«

»Nein, Magerquark!«

»Ey, was ist schwarz-weiß, steht auf der Weide und macht Quak?«

»Eine Kröte im Schwarz-Weiß-Film?«

»Ne! Eine Kuh mit Fremdsprachenkenntnissen!«

Eine Weile kugeln wir uns lachend durch den Wald.

Als wir wieder an der Dichtenden Fichte vorbeikommen, setzt die Schildkröte eine ernste Miene auf. »Es ist traurig, dass so viele Wälder vernichtet werden.«

»Dann müssen wir vielleicht doch anfangen, Bäume zu pflanzen«, sage ich, »dafür kämpfst du doch.«

»Bis zum bitteren Ende.«

»Komm schon, muss das Ende echt immer bitter sein? Könnte es nicht süß oder salzig oder umami sein?«

»Umami?«

»Ja, wenn etwas würzig und nahrhaft schmeckt.«

Die Schildkröte atmet tief ein. »Wann musst du eigentlich wieder zur Schule?«

»Leider morgen schon«, antworte ich. »Dann musst du im Baumhaus bleiben.«

»Unsinn. Ich komme mit dir.«

»Auf keinen Fall. Das geht nicht.«

»Wieso nicht?«

»Ist kompliziert.«

»Ich möchte aber euer aktuelles Bildungssystem *live* erleben.«

»Ich kann dir alle Bücher besorgen, die du willst. Ich kann dir sogar beibringen, wie man im Internet surft. Aber bitte bleib zu Hause.«

»Das kann ich alles selbst. Aber Schule macht doch Spaß, oder?«

»Nein. Glaub mir, du willst da nicht hin. Du wirst die ganze Zeit genervt. Nervige Lehrer nerven dich mit nervigen Fragen, und nervige Mitschüler nerven dich mit ihrem nervigen Leben.«

»Na und? Ich bin auch nervig.«

»Die Fünftklässler würden dich als Fußball benutzen«, drohe ich.

»Das würdest du doch nicht zulassen, oder?«

»Du bist eh zu langsam für die Schule.«

»Davon würde ich mir gerne selbst ein Bild machen. Ich werde auch unauffällig und still wie eine Kirchenmaus sein.«

»Du und still? Außerdem heißt das ›Arm wie eine Kirchenmaus‹.«

»Das bin ich sowieso.«

»Du alter Grünschnabel kommst nicht mit in die Schule, kapiert?«

Kapitel 13

Im Kursraum lege ich meine selbst gehäkelte Decke aus Wollresten über den harten Holzstuhl. Meine Mitschüler fanden die Decke zwar nicht stylish, aber ich finde sie herrlich bequem. Mein Stammplatz befindet sich im hinteren Drittel der Sitzordnung. Von vorne verdeckt durch die Streber, hinten überstrahlt von den Quasselstrippen. Sozusagen kurz hinter Mittelfeld, knapp im Abseits, würde Papa sagen.

Der neue Kurs fühlt sich ungewohnt an. Ich schaue mir die Gesichter meiner Mitschüler an. Komischerweise sind nur zwei aus meinen alten Kursen hier, mit denen ich aber nie was zu tun hatte. Wer von den Neuen könnte interessant sein? Zugegeben: Ich bin ein bisschen aufgeregt. Unruhig kipple ich mit dem Stuhl. Wie könnte ich sie am besten ansprechen? Oder soll ich lieber abwarten? Ich nehme schon mal mein Federmäppchen aus dem Rucksack.

Es ist merkwürdig schwer und ausgebeult. Ich öffne es.

Die Schildkröte atmet auf. »Boah, ist das stickig hier drin. Schlimmer als der ganze Feinstaub!«

Schnell halte ich meine Hand über sie und sehe mich erschrocken um. »Psst. Was zur Kröte machst du hier?«

»Die Frage ist wohl eher: Was machst *du* hier?«

»Im Unterricht sitzen«, flüstere ich und rücke mit meinem Stuhl etwas weiter an die Tischecke, damit die Schildkröte nicht gesehen wird.

»Siehst du? Da hast du dir deine Frage schon selbst beantwortet.«

»Ich habe dir verboten, mitzukommen.«

»Das hast du ja.«

Mein neuer Mathelehrer kommt rein.

Ich seufze. »Halt dich versteckt. Und keinen Mucks.«

Die Schildkröte ist leise und sieht sich neugierig um.

Ich entspanne mich ein wenig. Mit einer unauffälligen Handbewegung stecke ich mir meine Kopfhörer ins Ohr und ziehe meine grüne Mütze tiefer ins Gesicht. Hoffentlich ist dieser Lehrer wieder einer von denen, die es nicht interessiert, ob man Mützen trägt oder nicht. Leise Musik legt sich angenehm um die Stimme des Lehrers. Ich presse ein Wollknäuel zwischen meine Beine und ziehe meine glänzende Häkelnadel aus der Hosentasche. Knoten für Knoten vergeht die Zeit.

Der Hals der Schildkröte, die mit ihrem Kopf aus meinem Mäppchen hervorlugt, wird immer kürzer. Sie rutscht auf den Stiften näher zu mir herüber und zerrt energisch an meinem Ärmelsaum.

Ich ziehe mir den Stöpsel aus dem Ohr.

»Das ist ja langweilig«, flüstert sie.

»Es ist Mathe«, flüstere ich zurück. »Was hast du erwartet?«

»Dieses lächerliche Basiswissen hatte ich schon intus, als ich frisch aus dem Ei kam.«

Mein Lehrer scheint ein Gespräch zu wittern und sieht zu uns herüber.

Unauffällig lege ich meine Hand wieder über die Schildkröte und drücke ihren Kopf tiefer ins Mäppchen.

»Lass das!«, zischt sie. »Das ist entwürdigend!«

Zum Glück dreht der Lehrer sich wieder zur Tafel.

»Psst. Wir wollen nicht auffliegen.«

Die Schildkröte legt ihren Kopf auf dem Reißverschluss ab und seufzt. »Mir ist langweilig. Darf ich auch mal?«

»Was darfst du auch mal?«

Sie nickt zu meinem Ohr. »Mithören.«

Ich halte ihr den Kopfhörer hin.

Vorsichtig nimmt sie diesen in den Mund und verschwindet mit dem Kopf in ihrem Gehäuse. Nachdem ich eine Reihe gehäkelt habe, kommt sie wieder hervor. »Sag mal, was ist das denn für eine Beleidigung meines auditorischen Kortex?«

»Das ist Musik.«

»Richtige Scheißmucke ist das!«

»So ein kluger Diss ist natürlich schwer zu entschärfen.« Ich nehme ihr den Kopfhörer weg und wende mich wieder meiner Wolle zu.

»Was strickst du eigentlich?«

Als der Lehrer wieder eine Formel an die Tafel schreibt, flüstere ich zurück: »Ich häkle. Und zwar eine Mütze für deinen Panzer. Dann können wir im Partnerlook herumlaufen.«

»Weißt du eigentlich, wie groß mein Kleiderschrank ist?«, fragt sie mich.

»Du hast einen Kleiderschrank?«

»Natürlich nicht! Glaubst du, mein Panzer ist ein Einfamilienhaus, oder was? Bei dem Wetter brauch ich sowieso keine Mütze.« Sie wendet sich wieder dem Lehrer zu, der Aufgaben an die Tafel schreibt, mit denen er unser Vorwissen überprüfen will. Garantiert unbenotet.

»Es geht bei meinen Mützen nicht darum, dass die Rübe warm bleibt, sondern um die Mütze.« Genervt schlage ich mein Schulheft auf. Ich ziehe mein Geodreieck hervor und spitze meine Bleistifte. Noch bevor ich die Aufgabe gelesen habe, fängt die Schildkröte an, flüsternd vor sich hin zu rechnen. Ich beschließe, einfach mal mitzuschreiben. »Woher kannst du eigentlich so gut Mathe?«, frage ich sie zwischendurch.

»Rede nicht. Schreib.«

Ich schreibe weiter.

»Ich hatte ja schon immer meine tüchtigen Schreiberlinge«, schwärmt sie. »Gottfried. Carl. Albert ...«

»Wovon redest du?«, frage ich.

»Schnappe halten. Ich werde grade erst richtig warm.«

Ich verdrehe die Augen und schreibe weiter.

Ein Schatten senkt sich über meine Notizen. »Mütze ab, grade hinsetzen«, sagt der neue Lehrer, der plötzlich neben mir steht. »Musik aus, Strickzeug weg.« Sein strenger Blick fällt auf mein Heft. »Oh, ja, hm, okay. Prima! Na ja.« Er zeigt ein überraschtes Lächeln. »Wo hast du das denn gelernt? Den Lösungsweg dürftest du noch gar nicht kennen. Das lernt man erst an der Universität.« Er überlegt kurz. »Dann strick ruhig weiter.«

Als er sich von mir entfernt, grinse ich und wispere ihm hinterher: »Ich häkle!«

»Warum stellt diese Lehrerin uns eigentlich die ganze Zeit Fragen?« Die Schildkröte meint meine Biolehrerin Frau Rose, die gerade über etwas namens Biosphäre redet. »Kann sie die nicht selbst beantworten? Warum stellen die Schüler nicht die Fragen, und sie antwortet? Und warum redet sie mit der Tafel?«

Jedes Mal, wenn Frau Rose sich zu uns dreht, federn ihre braunen Locken. Sie trägt eine rote Bluse zu einem schwarzen Rock und Ohrringe, die wie Blätter geformt sind.

Frau Rose ist echt nett und engagiert, denke ich für mich. *Sie schreibt das Wichtigste an die Tafel, vergisst immer, die Hausaufgaben zu kontrollieren, und übersieht die Handys unter den Tischen. Außerdem kriegen hier nicht nur die Streber gute Noten.*

»Euer Bildungskonzept ist katastrophal«, flüstert die Schildkröte weiter. »Ihr Schüler sitzt hier, vollkommen leer und ahnungslos, nehmt hin, was ihr eingetrichtert bekommt. Ihr dürft nichts hinterfragen. Lernt nichts. Warum seid ihr überhaupt hier?«

»Weil wir müssen.«

»So, kommen wir jetzt zum Thema Ökosystem.« Frau Rose zeigt mit einem strahlend weißen Stück Kreide in unsere Richtung. »Weiß jemand, was ein Ökosystem ist?«

»Schon wieder stellt sie uns Fragen«, stöhnt die Schildkröte.

Ein Schüler namens Leo meldet sich. »Das ist zum Beispiel ein Meer, eine Wüste oder ein Wald.«

»Sehr gut!« Frau Rose lächelt und zeichnet einen Baum auf die Tafel, dazu noch ein paar Strichtiere. Dann schreibt sie: *Ökosystem = der Verbund der unbelebten Umwelt (Biotop) mit einer Gemeinschaft mehrerer Arten von Tieren und Pflanzen (Biozönose)*. Dabei erzählt sie uns endlich was. Voller Leidenschaft spricht sie über verschiedene Wälder und Meere und darin lebende Tierarten. Als sie wieder einen besonders langen Satz an die Tafel schreibt, fängt die Schildkröte an, laut zu reden: »Niemand weiß genau, wie viele Ökosysteme jeden Tag zerstört werden und wie viele Säuger, Fische, Reptilien, Amphibien, Insekten und Pflanzen für immer verschwinden.«

Mein Puls steigt, als ich die Blicke der anderen auf mir spüre.

»Aber dass der Mensch für ihre Zerstörung verantwortlich ist«, fügt sie hinzu, »das können wir schon lange nicht mehr bestreiten.«

Geistesgegenwärtig klappe ich meinen Mund auf und zu, um den Eindruck zu erwecken, dass ich es bin, die da redet. Da mich in diesem Kurs niemand kennt, wird ihnen der kleine Unterschied in der Stimmlage hoffentlich nicht auffallen. Ich versuche krampfhaft, einen dazu passenden, empörten Gesichtsausdruck aufzusetzen und der Schildkröte gleichzeitig einen vernichtenden Blick zuzuwerfen. Wahrscheinlich sehe ich dabei aus wie ein verunglücktes Etwas.

»Schon in der Jungsteinzeit hat der Mensch Urwälder abgeholzt. Der Regenwald wird jetzt in diesem Augenblick gnadenlos zerstört. Was nützt es, wenn Sie mir von diesen Ökosystemen erzählen, wenn wir nichts gegen ihren Zerfall unternehmen?«

Ich versuche, die Schildkröte mit meinem Radiergummi zu knebeln, aber sie weicht geschickt aus.

Sie hört einfach nicht auf zu reden.

»Schon bald sind sie gar nicht mehr da. Wahrscheinlich ist der Punkt schon längst überschritten, wo sie noch zu retten sind.«

»Na ja, ihr müsst ja wissen, was wir zu verlieren haben, oder?« Frau Rose zwinkert mir zu und schreibt weiter.

Die Schildkröte schnaubt. »Wenn das Artensterben so weitergeht, gibt's bald nur noch Menschen, Ratten und Kakerlaken.«

Frau Rose verschränkt die Arme. »Marlin?«

Ich drücke die Schildkröte tiefer ins Mäppchen und richte mich kerzengerade auf. »Ja?«

»Du hast vollkommen recht, aber bitte nicht reinreden.«

»Sorry.« Ich ziehe meine Mütze tiefer ins Gesicht und versinke im Stuhl. »Sei endlich leise«, zische ich der Schildkröte zu.

»Du bist nicht mein Boss.«

»Du kannst auch gerne allein nach Hause laufen.«

»Na gut. Du hast gewonnen. Aber nur, weil du die längeren Beine hast.«

Der Unterricht geht zu Ende. Ich steuere schnurstracks auf den Ausgang zu, aber kurz vor der Türschwelle höre ich meinen Namen: »Marlin!«

Ich bleibe stehen. Warum bleibe ich stehen? Wenn man eine Schildkröte im Rucksack durch die Gegend schmuggelt, dann hält man nicht an! Dann geht man einfach weiter.

»Marlin!«

Ich drehe mich um und setze meine beste Unschuldsmiene auf.

Frau Rose sieht freundlich zu mir herüber. »Ich würde dich gerne kurz sprechen. Hättest du einen Augenblick Zeit?«

Der letzte Schüler schließt die Tür hinter sich. Das Geräusch hallt durch den Kursraum. Ohne Mitschüler ist es hier unheimlich still.

Mein Herz schlägt wieder schneller. »Ja«, bringe ich hervor und gehe zum Pult.

Ihre schimmernden roten Lippen formen ein breites Lächeln.

»Ich wusste gar nicht, dass dir die Natur so wichtig ist.«

»Nee, ist nicht so wichtig.« Eine Schweißperle erscheint auf meiner Stirn, aus dem Rucksack dringt kein Laut.

Sie verschränkt ihre Arme. »Vorhin hattest du aber sehr gute Argumente.«

»Eigentlich nicht.«

»Und wer hat dann die ganze Zeit mit mir geredet?«

»Ähm.« Ich suche fieberhaft nach einer Erklärung. »Meine Schildkröte.«

Ihr Kichern klingt glockenhell, es würde gut zu einer Fee passen. »Schildkröten können doch gar nicht reden! Sie haben nämlich gar keine Stimmbänder.«

»Ich verstehe das auch nicht.« Denkpause. »Meine kann das trotzdem«, sage ich, ohne zu wissen, was ich eigentlich sage.

Sie legt mir ihre Hand auf den Arm. »Wenn du jemanden zum Reden brauchst, dann bin ich hier.« Ihre Augen haben ein sattes Grün. »Als ich noch in der Schule war, da ist es mir oft nicht leichtgefallen, Anschluss zu finden.« Sie lächelt in sich hinein. »Ich habe damals nur von Asteroiden und vom Alten Ägypten gesprochen. Das fanden meine Mitschüler natürlich uncool.«

»Danke«, sage ich schnell. »Echt sehr nett von Ihnen. Ich habe aber wirklich eine Schildkröte.«

»Darf ich die mal sehen?«

»Äh, ich glaube, lieber nicht. Sie schläft im Rucksack. Und sie mag keine Fremden.«

»Na gut. Da musst du allerdings sehr vorsichtig sein. Eine Schildkröte sollte man nicht mit im Rucksack herumschleppen. Das sind sehr zerbrechliche Lebewesen.«

»Wissen Sie was?« Ich nehme meinen Rucksack vom Rücken. »Ich zeige sie Ihnen. Bevor Sie mich für total gaga halten.«

»Wow!« Die Augen der Lehrerin werden groß, als ich die Schildkröte hervorhole. »Du hast ja wirklich eine Schildkröte mitgebracht!« Sie schaut das kleine Reptil fassungslos an. »Ich werde dich nicht verraten, aber

Marlin, du solltest keine Tiere mit in die Schule bringen.«

»Wieso denn nicht?«

»Haustiere sind hier nicht erlaubt.«

»Das habe ich ihr auch schon gesagt. Vor allem, weil dieses Tier sein Haus überall mit hinschleppt.«

»Sie!«, keift die Schildkröte dazwischen. »Wie können Sie es wagen, sich als eine Lehrperson zu betrachten, wenn Sie das oberste Gesetz der Lehre missachten! Bildung ist für alle! Nicht nur für Menschen. Gerade Sie! Jemand, der die Evolutionstheorie lehrt, weiß doch: Wir sind eigentlich alle eine große Familie.«

Frau Roses Mund steht so weit auf, als hätte sie vor, einen Apfel als Ganzes zu essen.

»Sorry«, sage ich zu ihr. »Ich übe mich im Bauchreden und kann es einfach nicht lassen.«

»Bauchreden, pah!«, ruft das Reptil. »Ich kann auch für mich selbst sprechen, vielen Dank auch. Marlin, du brauchst mich nicht mehr zu decken. Ich komm hier schon klar.«

Frau Rose starrt die Schildkröte an. »Faszinierend«, sagt sie zu mir. »Ich habe noch nie eine Schildkröte dieser Art gesehen. Sie sieht ein bisschen aus wie eine Maurische Landschildkröte. Dieses Muster erinnert mich allerdings mehr an eine Pantherschildkröte, aber die sind nicht so intensiv grün wie deine.«

»Okay«, sage ich.

»Könntet ihr es bitte unterlassen, in der dritten Person über mich zu reden? Das ist entwürdigend.«

»Entschuldigung.« Frau Rose nickt brav.

Nach einem Räuspern fährt die Schildkröte fort: »Wissen ist Macht, und Sie missbrauchen diese Macht! Sie haben hier so viele Schwachköpfe im Unterricht sitzen. Wieso lehnen Sie es da ab, intelligente Tiere zu unterrichten? Wünschen Sie sich nicht mehr fleißige und wissbegierige Schüler, die an Ihren Lippen hängen?«

»Natürlich wünsche ich mir das.«

»Aha! Und was hält Sie dann davon ab, mich zu unterrichten? Etwa, dass ich klein, grün und runzelig bin?«

»Aber wärst du auch ein ruhiger Schüler, der mir geduldig zuhört? Oder würdest du den Unterricht stören?«

Ich muss kurz grinsen, als sie mir zuzwinkert.

»Sofern Sie nichts absolut Sinnloses erzählen, bin ich durchaus in der Lage, zuzuhören.«

»Das glaube ich nicht«, flüstere ich.

Die Schildkröte zwickt mir in den Finger.

Frau Rose nickt. »Dann bist du bei mir herzlich willkommen.«

»Wunderbar.« Unter lautem Protest stopfe ich die Schildkröte wieder in meinen Rucksack und wende mich zum Gehen.

Frau Rose sieht ein wenig besorgt aus. »Warum ich dich angesprochen habe …«

Ich halte inne.

»Morgen werden ja in der großen Pause wieder die AGs vorgestellt. Ich leite dieses Jahr eine AG für Klima- und Artenschutz. Hättest du Lust, die Umwelt mit mir zusammen zu vertreten? Du darfst auch gerne deine niedliche Schildkröte mitbringen.«

»Ja, wir sind dabei!« Der entschlossene Schrei der Schildkröte wird durch den dichten Stoff meines bunten Rucksacks kaum gedämpft.

KAPITEL 14

»Warum hast du uns da reingeritten, Schildi?« Ich gieße die Efeutute auf der Fensterbank vor dem Schreibtisch in meinem Zimmer. »Ich will bei keiner AG mitmachen! Weißt du, wie viel Arbeit das ist? Und jetzt soll ich die auch noch mit leiten.«

Die Schildkröte zieht ihren Kopf von dem Palmenblatt zurück, in das sie gerade hineinbeißen wollte. »Sei doch nicht so ein Faultier! Du strickst doch sonst nur Mützen, und das im Sommer!«

»Ich stricke nicht, ich häkle.«

»Ewig kannst du dich nicht davor drücken, Verantwortung für die Verbrechen deiner Art zu übernehmen!« Sie schnaubt.

»Außerdem ist das Kopfeinziehen meine Aufgabe, ich bin hier die Schildkröte.«

»Du hast mich nicht einmal gefragt, ob ich bei diesen Käfersammlern mitmachen will.«

»Ich wusste ja bereits, dass du es im Grunde deines Herzens willst.«

»Woher bitte schön? Kannst du auch noch Gedanken

lesen? Für wen hältst du dich? Ich habe keine Zeit! Ich muss mich um meine Familie kümmern.«

»Wie kann man das denn nicht wollen? Überleg doch mal: Du bist Teil einer viel größeren Familie, und deiner Familie geht es nur gut, wenn es allen gut geht. Ist einer krank, leiden die anderen mit oder stecken sich an. Und die Natur ist genau das: eine große Familie. Ihr Menschen seid ein Teil der Natur. Wenn die Natur leidet, dann werdet ihr auch leiden.«

Ich denke daran, wie sehr es meinen Vater mitgenommen hat, als Opa so schlimm krank war. Und was wird aus Omas Dusel?

Durch mein Fenster dröhnt das tiefe Blubbern eines protzigen Motors. Kurz darauf wird die Haustür aufgeschlossen.

Die Schildkröte gibt wieder eine Art Schnauben von sich. »Der Bergdoktor kommt.«

»Papa.« Ich gehe durch das Wohnzimmer zum Hauseingang.

Schweißgebadet steht mein Vater mit dem Fahrrad in der Tür. Er rüttelt so wild daran herum, dass ich das Metall schreien hören kann. Das Fahrrad hält sich mit einem Pedal am Türrahmen fest. Der weiße Stoff von Papas Hosenbeinen ist mit schwarzen Schlieren von der frisch geölten Fahrradkette verschmutzt.

»Warte, ich helfe dir.« Geschickt löse ich seinen Schnürsenkel aus der Kette und drehe den Lenker wieder so, dass er das Zweirad in den Flur schieben kann.

»Was macht das Ding in der Einfahrt? Ich habe es grade fast umgefahren. Gott sei Dank hat das Auto keinen Kratzer abbekommen.«

Ich drehe die rostige Klingel wieder in die richtige Position. »Ich habe es für dich repariert. Damit du mal wieder mit dem Fahrrad zur Arbeit fahren kannst.«

»Warum sollte ich das denn machen?«

Ich grinse. »Um was für deine Gesundheit zu tun, Herr Doktor.«

Er sieht auf sein kleines Bäuchlein hinunter und denkt nach. »Und wie soll ich meine Hausbesuche erledigen?«

»Die machst du nur mittwochs. Da kannst du ja mit dem Auto fahren. Außerdem tust du was Gutes für die Umwelt. Die Schildkröte hat mir vorgerechnet, wie viel CO_2 du damit sparen würdest. Warum haben wir überhaupt so ein Riesenauto?«

Er wischt sich den Schweiß von der Stirn. »Bring das Teil sofort in den Keller«, sagt er langsam. »Ich möchte es hier oben nicht mehr sehen.«

»Aber ...«

»Kein Aber, Fräulein. Abmarsch.« Er klingt so, als hätte ich seine Autoreifen zerstochen.

»Ich bin doch keine fünf mehr«, murmele ich mehr zu mir selbst, als ich das Fahrrad zur Kellertür schiebe. Auf Zoff habe ich keine Lust.

Unten flackert eine nackte Glühbirne über haufenweisem Gerümpel. Pappkartons sind zum Zerbersten gefüllt, und der Staub ist in der Luft sichtbar. Das Fahrrad bekommt wieder seinen Platz vor Omas Kettensäge. Schwach glänzt es neben dem verstaubten Teleskop von meinem Opa. Traurig lächelnd streiche über das Suchfernrohr und die Tauklappe. Dann mache ich das Licht wieder aus und gehe mit hängendem Kopf in mein Zimmer. Die Schildkröte ist verschwunden. Ich wickele mich in meine Decke ein.

Warum ist Papa so zu mir? Ich fahre doch auch, seit ich denken kann, überall mit dem Fahrrad hin. Ich drehe mich auf den Rücken und spiele missmutig mit den Tentakeln des dreizehnarmigen Oktopus. Was habe ich ihm denn getan? Ja, ich hätte das Fahrrad ein bisschen mehr zur Seite stellen können, aber das ist doch kein Grund, mich so anzupampen. Ich verlange ja nicht, dass er sich mit dem Fahrrad durch jedes Unwetter bis nach Frankfurt kämpft.

Vielleicht hatte er heute wieder Besuch von einem nervigen Antibiotikafetischisten oder einem hoffnungslosen Kranken. Momentan scheint er das jeden Tag zu haben. Wahrscheinlich Burnout oder so.

Später, als es draußen dunkel wird, dringt die Stimme der Schildkröte aus dem Flur in mein Zimmer, die mit meinem Vater schimpft. »Nur weil Ihnen die Umwelt egal ist, heißt das noch lange nicht, dass Ihnen Ihre Tochter gleichgültig sein kann! Sie rücksichtloser Lackaffe von einem Doktor! Sie lassen sich nie blicken, und Marlin muss allein für Sie schuften. Sie kauft für Sie ein, wäscht Ihre Wäsche und passt auf die Großmutter auf, wenn der Pflegedienst nicht da ist. Das sind alles Ihre Aufgaben und nicht Marlins! Und da können Sie ihr nicht einmal einen Gefallen tun und mit dem Fahrrad zur Arbeit fahren? Denken Sie mal nach, und fangen Sie bei sich selbst an, bevor Sie andere kritisieren.«

»Ich würde gerne mit meiner Tochter sprechen«, sagt mein Vater in einem Ton, als würde er nach seinem Rechtsanwalt verlangen.

»Nein«, sagt sie entschieden. »Sie haben Marlin verletzt. Das lasse ich nicht zu. Sie beschützt mich vor dem Übel dieser speziesistischen Welt, da ist es das Mindeste, dass ich sie vor Ihnen beschütze.«

»Ich wollte sie doch nicht verletzen«, sagt er erschöpft.

»Das haben Sie aber. Ist der Baum einmal gefällt, dann kann man ihn auch nicht einfach wieder an den Stumpf kleben.«

»Schildi«, rufe ich. »Ist okay. Du kannst Papa Zutritt gewähren.«

»Ausnahmsweise«, faucht die Schildkröte.

Die Tür geht auf. Die Schildkröte sitzt vor der Tür und sieht besorgt zu mir herein.

»Prinzessin.« Papa kommt zu mir und setzt sich auf mein Bett. »Es tut mir leid. Ich wollte nicht so schimpfen.«

»Leere Worte! Nichts als leere Worte!«, ruft die Schildkröte.

»Geh schon vor zum Baumhaus. Ich komme nach«, rufe ich ihr zu. »Ich muss noch ein Wörtchen allein mit Papa reden.«

Wir sehen dabei zu, wie die Schildkröte in Zeitlupe um die Ecke davontrottet.

Er streicht über meine Bettdecke. »Es tut mir wirklich leid. Ich habe heute wieder viel gearbeitet.«

»In letzter Zeit bist du nur noch so. Du arbeitest immer viel. Was hat das mit dem Fahrrad zu tun? Ich verstehe das nicht. Zu deiner Praxis ist es wirklich nicht weit.«

»Ich kann das nicht mehr, Marlin.«

»Ach so!« Ich setze mich auf und grinse. »Na, dann machen wir dir Stützräder dran. Ich bring dir das Fahrradfahren schon wieder bei.«

Er muss tatsächlich kurz lachen. »Darum geht es nicht«, sagt er dann, als er seine ernste Doktormiene wieder aufgesetzt hat. Er seufzt so tief, als wäre sein Körper eine leere Höhle. »Ich ... Weißt du, ich bin nicht mehr Fahrrad gefahren, seit ...«

Seine Hand fühlt sich rau an, als ich sie nehme, wundgerieben von dem Desinfektionsmittel, das er sich Tag für Tag auf die Haut schmiert. »Es geht um Mama, oder?«

Könnte man die Wunden sehen, die einem ein gebrochenes Herz zufügt, dann müsste ich sofort einen Krankenwagen für uns beide rufen.

»Genau«, flüstert er. »Du erinnerst dich vielleicht nicht mehr, aber sie hat es mir geschenkt. Es war ziemlich teuer, und damals hatten wir nicht viel.«

Ich hätte es wissen müssen. Selbst ich habe noch vage Erinnerungen an endlose gemeinsame Fahrradtouren am funkelnden Rhein entlang. Ich saß hinten im Fahrradanhänger, und ich glaube, wir haben immer zusammen gesungen. »Papa«, sage ich und nehme ihn in den Arm. »Mama ist doch schon so lange weg. Und ein Fahrrad ist ein Fahrrad. Zur Not kaufst du dir ein anderes, das du wirklich fährst, und lässt dieses im Keller. Ich finde es unfair gegenüber dir selbst, wenn du nur deswegen kein Fahrrad mehr fährst.«

Sein Brustkorb bebt. »Es ist kompliziert.«

Ich löse mich aus der Umarmung und sehe ihn direkt an. »Jetzt hör mal zu. Sie hat uns verlassen, okay? Da soll sie unglücklich sein, aber nicht wir! Wir nicht, Papa. Wir nicht.«

»Glück kann man nicht erzwingen, Prinzessin.«

»Du brauchst ja nichts zu erzwingen! Sieh mal, du hast mich, und du hast Oma und Muska, und jetzt hast du sogar die Schildkröte. Wir sind zwar nur eine kleine Familie, aber wir sind eine Familie. Das ist mehr als genug, um glücklich zu sein.«

»So einfach ist das nicht, Schatz.« Er versucht ein trauriges Lächeln.

Ich verdränge die Gedanken an meine Mutter. An ihr endlos langes Haar und das ernste Lächeln, an das ich mich wahrscheinlich nur erinnere, weil ich im Bücherregal ein altes Foto von ihr versteckt habe.

Papa seufzt. »Du verstehst das nicht«, fügt er dann hinzu.

»Wieso nicht?«, frage ich. »Oma ist auch glücklich, obwohl sie den Dusel hat.«

Mein Vater scheint nicht zu wissen, was er antworten soll. Er sieht eine Weile aus dem Fenster, so wie die Schildkröte, wenn sie nachdenklich ist.

»Ich habe einen Plan«, sage ich. »Fang erst mal langsam an. Such dir einen Tag in der Woche aus, an dem du mit dem Fahrrad fährst. Das würde schon so viel bringen.« Ich schaue auch aus dem Fenster. Die Wolken hängen tief. »Die Schildkröte sagt: Man kann die Welt nicht von jetzt auf gleich retten, auch wenn die Klimaaktivisten sich das so wünschen. Das funktioniert nur Schritt für Schritt. Das Wichtigste ist: Aufhören zu reden und anfangen zu handeln, verstehst du? Langsam sein ist okay, solange du niemals stehen bleibst.«

Papa sieht mich wieder an. »Diese sprechende Schildkröte ist ziemlich schlau. Auf jeden Fall schlauer als ein Papagei.« Er streicht mir eine Haarsträhne hinters Ohr. »Auch wenn ich das ihr gegenüber nie zugeben würde.«

»Das habe ich genau gehört!«, tönt es aus dem Flur. »Und außerdem können Papageien eure Sprache gar nicht sprechen, die plappern nur nach!«

Kapitel 15

Durchnässt vom morgendlichen Regenschauer schließe ich meinen Drahtesel an einem Fahrradständer neben dem Haupteingang der Schule ab.

»Traurig, wie viele Kinder heute kein Fahrrad mehr fahren können.« Die Stimme der Schildkröte klingt so missmutig wie die dunklen Wolken am Himmel.

»Die meisten kommen sportlich zu Fuß«, versuche ich, sie aufzumuntern.

»Ja. Den ganzen weiten Weg von der Bushaltestelle dort drüben bis hierher«, antwortet sie pampig.

Ein Auto hält hinter uns am Straßenrand. Der Motor knurrt wie Shir Khan aus *Das Dschungelbuch*. Die Tür des SUV öffnet sich auf Knopfdruck. Meine Mitschülerin Mona-Elif steigt aus dem matt glänzenden Gefährt, ein Smartphone in der einen, einen riesigen Einwegkaffeebecher in der anderen Hand. Die Tür fällt hinter ihr von allein wieder zu. Ihr perfekt drapiertes Kopftuch glänzt silbern trotz des tristen Wetters. Ihre perlweißen Sportschuhe lassen den Asphalt schäbig wirken.

»Ey! Klimasünderin!«, schreit die Schildkröte dem

Verkehrslärm entgegen. »SUVs in der Großstadt! Ich glaub, ich spinne! Sie sind hier nicht auf dem Land, Benzinfresser. Wenn Sie …«

Ich stecke ihr den Finger in den Mund, was sie aber nicht davon abhält, noch nuschelnd die anderen Eltern zu beleidigen, die mit ihren großen Wagen vor der Schule halten. Schnell verschwinde ich mit der Schildkröte hinter einem Busch. Sie beißt mich kräftig in den Finger.

»Aua!«, quietsche ich.

»Wie kannst du es wagen, mich mit solch gewaltsamen Mitteln meines Rechts auf Meinungsäußerung zu berauben?«

»Das war Mona-Elif!«

Die Schildkröte hebt ihre nicht vorhandenen Augenbrauen. »Oh, wie schön für sie, und Papst Franziskus ist mein Stellvertreter auf Erden.«

»Hä?«

»Was soll mir der Name sagen?«

»Sie ist so was wie die Königin der Schule – ihr Wort ist Gesetz. Wenn du ihr nicht in den Kram passt, dann verbreitet sie neue Wahrheiten über dich.«

Das Kriechtier macht ein Geräusch, das an Spucken erinnert. »Nieder mit dieser Monarchin des Smogs, Leugnerin des Klimawandels, Unterdrückerin des Regenwaldes!«

Ich kann mir ein Lachen gerade noch verkneifen.

Mona-Elif blickt von ihrem Handy auf, mit dem sie auf dem Fahrradweg Wurzeln geschlagen hat. Gefühlt kriegt sie jede Woche ein neues Smartphone. Sie sieht zu uns herüber.

Ich ducke mich tiefer ins Gebüsch.

»Ist ihr eigentlich klar, dass ihr Make-up an einem halben Zoo geprüft wurde?«, kommentiert die Schildkröte weiter.

»Psst! Sei leise! Das ist purer Selbstmord.«

Die Schildkröte lacht. »Mord? Was soll sie denn machen? Dich nachts mit ihrer unökologisch produzierten Plastiknagelfeile erdolchen?«

»Schlimmer noch. Klatsch. Tratsch. Rufmord.«

»Hör mal, ich bin kein Profi, was die soziologische Hierarchie der Menschen angeht. Aber nach meinen bisherigen Einsichten hast du keinen Ruf, den sie ermorden könnte.« Die Schildkröte zwinkert, als ich beleidigt zu ihr hinunterschaue. »Aber sie hat einen. Je höher das Podest, desto tiefer der Fall.«

»Nein, wir zetteln jetzt kein Highschool-Drama an«, sage ich. »Sonst fühle ich mich wie im falschen Film.«

In der großen Pause regnet es immer noch. Das Plakat neben mir, das Frau Rose für die Klimaschutz-AG gemalt hat, sieht schon so verwaschen aus, als wäre ein Kindergartenkind mit seinem Farbkasten verunglückt. Ich lehne mich gelangweilt an den einzigen Baum auf diesem Schulhof, bei dem wir unbedingt unseren Stand aufbauen sollten. Statt in der trockenen Aula so wie alle anderen. Um uns von den anderen AGs abzugrenzen, meinte Frau Rose. Anscheinend so weit abzugrenzen, dass keiner zu uns kommt.

»HALT! STOPP! KEIN GRAD WEITER!« Die Schreie der Schildkröte lassen die vereinzelten Schüler, die über den Schulhof huschen, einen großen Bogen um uns machen.

Wann kommt Frau Rose eigentlich wieder? Sie ist schon seit über einer Viertelstunde verschollen.

»Der Klimawandel ist unaufhaltsam! Blickt der ganzen Wahrheit ins Auge und handelt jetzt! Kommt in die Klima- und Artenschutz-AG!« Die Stimme des Reptils wird von den Hauswänden der Schule zurückgeworfen. »Kommt her! Wir machen den besten veganen Kuchen!«

Ich beobachte, wie ein paar Regentropfen auf die Namensliste fallen. Die Tinte unserer zwei Namen darauf verwischt. »Wer soll eigentlich den Kuchen deiner Meinung nach backen?«, erkundige ich mich.

Das Wasser löst das Papier der Namensliste immer weiter auf. Die Schildkröte hat sich geweigert, sie in eine Plastikhülle zu stecken. Das Plakat neben mir fällt langsam in sich zusammen.

»Gute Frage«, ruft die Schildkröte. Der Himmel lichtet sich langsam. Nach ein paar Minuten knallt uns die Sonne ins Gesicht.

Ich schließe die Augen und wringe meine Mütze aus.

Als ich mir den nassen Lappen wieder auf den Kopf setze, steht jemand vor uns.

»Coole Schildkröte«, sagt der Junge. Sein Gesicht wird von dunklen, fingerdicken Dreadlocks umrahmt, in denen sich neongrüne Strähnen erahnen lassen. Seine Haut schimmert im Licht wie tiefschwarzer Obsidian. Soweit ich weiß, heißt er Tim oder so und ist recht beliebt. »Ihr macht diese neue AG, oder?« Er spricht klar, leicht und ein bisschen verträumt wie eine Windbrise.

»Die einzig wahre AG zur Rettung unserer Erde!«, ruft die Schildkröte zu ihm hinauf. »Weißt du, wenn die Leute so weitermachen, wird es auf diesem Planeten irgendwann so heiß, dass sie am Ende alle so aussehen wie du.«

Ich gerate innerlich in Panik, versuche mir aber nach außen hin nichts anmerken zu lassen. Wetten, dass er innerhalb der nächsten zehn Sekunden die Flucht ergreift?

Er grinst jedoch nur und rüttelt an seinem Rucksack, an dem ein Skateboard befestigt ist. »Läuft das Ding über Bluetooth oder USB?« Er sieht die Schildkröte an, dann betrachtet er unser Plakat. »Und: Ihr braucht mal ein neues Schild.« Wie zur Bestätigung seiner Aussage kippen die feuchten Überreste des Schildes mit einem seufzenden Geräusch um.

Ich stutze, als er seinen Namen auf den nassen Papierfetzen schreibt, der mal unsere Teilnehmerliste war.

»Wann und wo trefft ihr euch so?« Wenn er seinen Kopf bewegt, blitzen die vielen Silberringe auf, die er in seinem Haar befestigt hat.

Jetzt sind sowohl die Schildkröte als auch ich überfordert. »Äh, ich dachte«, fange ich an, »also, wir dachten, so mal nach der Schule halt vielleicht irgendwo. Wir sammeln noch Handynummern.«

Er holt sein gigantisches Handy raus und tippt darauf herum. »So, ich habe jetzt mal eine Gruppe bei WasLos[5] eingerichtet. Ich werde da noch ein paar Leute hinzufügen, falls die Bock haben. Jetzt brauche ich nur noch deine Nummer.«

Ich schlucke und nenne sie ihm.

»*Nice.* Jetzt bist du offiziell auch Gruppenadmin. Finde ich echt super, dass hier mal eine vernünftige AG gegründet wird. Wer will schon Schach spielen, wenn man mit euch die Umwelt retten kann?« Sein Handy fängt an zu pingen. Nach einem kurzen Blick grinst er mich an. »Morgen Abend um acht in der *SonderBar*?«

»Abgemacht«, antwortet die Schildkröte für mich.

»Cool.« Er zieht sein Skateboard von seinem Rucksack ab. Auf der Unterseite ist eine violette Python abgebildet. Er setzt das Bord auf den Boden, nickt mir noch einmal zu und rollt davon.

Ich funkle die Schildkröte an.

[5] Deckname einer geläufigen Messenger-App

»Was?«

»Morgen um acht muss ich Essen kochen.«

»Dein Vater ist ein erwachsener Mann. Er wird doch wohl eine Mikrowelle bedienen können. Immerhin nimmt er Leuten Blut ab.«

»Und was ist mit Oma?«

»Für sie kann dein Vater sicherlich denselben Vorgang wiederholen.«

»Woher weißt du, ob Frau Rose morgen Zeit hat?«

»Die brauchen wir nicht. Willst du, dass unsere AG Zuwachs bekommt oder nicht?«

»Deine AG meinst du wohl.« Ich beobachte, wie der Junge mit seinem Skateboard einen Ollie macht. »Ich weiß nicht, ob Papa mich bis spätabends in eine Bar gehen lässt. Er macht sich schon Sorgen, wenn ich um neun Uhr noch nicht zu Hause bin.«

»Wer hat denn gesagt, dass du das erwähnen sollst?«

Kapitel 16

Ich stemme mich gegen die schwere Eingangstür der Bar. Drinnen herrscht ein schummriges Dämmerlicht, das von zahlreichen bernsteinfarbenen Glühbirnen ausgeht. Nur die Fensterplätze sind noch von dem späten Sonnenlicht ausgeleuchtet. Überall stehen die sonderbarsten Sofas in allen Größen und Formen herum. Sie sind scheinbar zufällig um raue Holzkisten herum aufgestellt, die als Ablageflächen für bunte Kristallgläser dienen. Ich mache mich auf die Suche nach Tim, aber hier sind nur ein paar Leute, die sich bei einem Kartenspiel amüsieren und eine Fremdsprache sprechen. Französisch oder Russisch oder beides gleichzeitig, ich weiß nicht genau.

Ich trage die Schildkröte zu einem Fensterplatz und setze mich. Das Sofa gibt ein zischendes Geräusch von sich, als die Luft entweicht, und ich sinke so tief ein, dass ich vermutlich nie wieder davon hochkomme.

Die Schildkröte genießt das rote Licht der untergehenden Sonne, das durch die Fensterscheiben fällt. Es sieht so aus, als würde sie Fotosynthese betreiben.

Nach einer Weile des Rausschauens und Leutebeobachtens muss ich grinsen. »Wie nennt man eine Schildkröte in der Bar?«, frage ich sie.

»Juhu, ein Witz.« Sie klingt so begeistert wie ein Hummer im Kochtopf.

»Eine Schnapsschildkröte!«

Eine Weile lache ich laut über meinen eigenen Scherz, während die Schildkröte in einer tiefen Meditation zu versinken scheint.

Tim kommt hinter dem Tresen hervor. Arbeitet er hier? »Hey, schön, dass ihr da seid!«, ruft er. Mit einem festen Händedruck begrüßt er mich. Die Schildkröte tätschelt er am rechten Beinchen.

Ruckzuck zieht sie ihr Bein zurück. »Nicht anfassen!«

»Sorry. Wollt ihr was trinken?«

»Ein Radler, bitte«, antworte ich.

»Und was darf ich dir anbieten?«, fragt er das Reptil.

»Einen Schnaps für die Schnapsschildkröte.«

Er grinst. »So, so.«

»Habt ihr Absinth da?«

»Klar haben wir den harten Stoff.« Er geht zurück hinter den Tresen und bedient sich an den Flaschen.

Ich muss lachen.

»Warum lachst du schon wieder?«, fragt die Schildkröte.

»Nichts«, antworte ich.

»Sag schon!«

»Magst du Absinth, weil er grün ist?«

Sie wirft mir einen wütenden Blick zu.

»Du wolltest wissen, warum ich gelacht habe. Sonst hätte ich das nie laut ausgesprochen.«

»Aber du hast es gedacht.«

»Darfst du überhaupt schon Alkohol trinken?«

»Ich bin neunhundertachtundneunzig Jahre alt. Ich

bin selbst für eine Schildkröte schon volljährig. Außerdem gelte ich hier sowieso nicht als Person. Das hat den Vorteil, dass ich alles tun und lassen kann, was ich will.«

»Das heißt, du dürftest Marihuana anbauen, in Häuser einbrechen und Banken überfallen?«

Tim kichert im Hintergrund. »Eine Schildkröte beim Banküberfall. In der vereinbarten Zeit wird sie es wohl nicht schaffen. Ein Überfall in Zeitlupe.« Er bringt die Getränke, für sich selbst ein Reagenzglas Kölsch. »Einmal Drinks für die Ladys.«

»Ich bin keine Lady«, sagt die Schildkröte.

»Dann für den Herrn«, entschuldigt sich Tim.

»Ich bin auch kein Herr. Ich bin eine Schildkröte.«

»Okay.« Er nimmt das Schnapsglas und stellt es der Schildkröte auf den Panzer. »Geht aufs Haus.«

Die Schildkröte funkelt ihn an. »Nimm das wieder runter.« Sie schnaubt. » Und außerdem: So viel Schnaps reicht für eine ganze Schnapsschildkrötenkolonie! Für mich ist ein Tropfen davon genug.«

Tim nimmt das Glas von ihrem Gehäuse und stellt es mit einer auffälligen Geste direkt neben sie. »Ich dachte immer, Schildkröten sprechen gaaanz langsam. Bist du sicher, dass du echt bist?«

»Ah, ein Skeptiker. Echt oder nicht echt, das ist hier die Frage. Bist du sicher, dass du einer so existenziell philosophischen Fragestellung gewachsen bist?«

»Arbeitest du hier?«, frage ich Tim schnell, um das Schlimmste zu verhindern.

»So semi. Die Bar ist ein soziales Projekt meiner Eltern.« Es entsteht wieder das pupsende Geräusch, als er im Sofa einsinkt und sich entspannt ausstreckt. »Hier findet alles Mögliche statt: Bingo, Inklusionsworkshops, Kindergeburtstage, Gemeinderatssitzungen – und jetzt ist es eben unser Hauptquartier.«

»Wow«, sage ich, und auch die Schildkröte staunt nicht schlecht.

Er grinst. »Wie nennt ihr euch denn?«

»Ich bin Marlin. Das ist Schildi.«

»Nenn mich nicht Schildi. Das ist entwürdigend.«

»Und du?«, frage ich ihn.

»Tim.«

»Ah, du heißt also wirklich Tim.«

»Nein. Eigentlich heiße ich Xuang José Timothy Mohammed der Vierte Meier.«

Ich starre ihn verdutzt an.

Er schaut mir in die Augen. »Nein, ich bin tatsächlich nur Tim. Aber was ich eigentlich wissen wollte: Wie nennen wir die AG?«

»Klima- und Artenschutz-AG.«

»Ne, oder? Wenn wir auffallen wollen, brauchen wir was richtig Knalliges. Los, haut mal ein paar Vorschläge raus.«

Er hat *wir* gesagt. Mein Hirn ist so überrascht davon, dass mir nichts einfällt.

»Ich bin für ›Die Schildkrötenformation‹«, meint die Schildkröte.

»Klingt lahm«, werfe ich ein.

»Ey! Ich bin vielleicht langsam, aber dafür bleibe ich niemals stehen. Nun gut, nächster Vorschlag: Schildkröten gegen Bäumetöten.«

»Siehst du hier mehr als eine Schildkröte?«, frage ich sie und deute durch den Raum. »Für die Mehrzahl bist du zu viel Einzahl. Dabei kannst du doch sonst so gut rechnen.«

»Man könnte es als *Pluralis Majestatis* auslegen«, kontert sie. »Außerdem musst du bedenken, dass ich mit meiner Stimme für Millionen von stimmbandlosen Schildkröten spreche.«

Tim kichert. »Also vor Rampenlicht hat sie offensichtlich keine Scheu, oder?«, fragt er mich.

»Sie schläft nicht ein, ohne dass ein, zwei Scheinwerfer auf sie gerichtet sind.«

»Genial«, sagt er. »Wir haben damit offiziell ein Maskottchen.«

»Maskottchen?«, regt sich die Schildkröte auf. »Das ist ja wohl eine Frechheit! Ich bin doch kein Mensch, der in einem albernen Kostüm durch die Gegend hampelt. Ich bin eine echte Schildkröte!«

»Ja, eben«, sagt Tim. »Eine so schöne Schildkröte als Maskottchen? Du wirst ein richtiges Symbol!«

Sie sieht geschmeichelt aus, versucht aber ganz schnell, es wieder zu verbergen. »Vergiss es! Ich bin nicht hier, um euren dummen Cheerleader zu spielen.« Sie hebt ihre Nase hoch. »Ich bin und bleibe euer Masterbrain.«

Tim sieht sie amüsiert an. »Glaub mir, du kannst beides sein.«

»Wie wäre es mit einem Akronym?«, schlage ich vor.

»Was ist das?«, fragt Tim.

»Ein Wort, das aus den Anfangsbuchstaben mehrerer Wörter gebildet wird.« Seit dem Tag, an dem die Schildkröte mir von Palindromen erzählt hat, woogle ich ständig solche Sachen.

»Find ich gut.« Tim beugt sich vor, verteilt Bierdeckel und gibt mir und sogar der Schildkröte Stifte, die er aus seiner Hosentasche zaubert. »Jeder überlegt jetzt mal was.«

Nach drei Minuten liest er sein Akronym vor: »KNUT AG, KNUT steht für Klima-, Natur-, Umwelt- und Tierschutz.«

»Knut ist schon tot.« Irgendwie hat die Schildkröte es geschafft, mit der Schrift eines Siebenjährigen etwas auf ihren Bierdeckel zu kritzeln. »Schildkröten ohne Grenzen«, liest sie vor.

»Das ist erstens kein Akronym und klingt zweitens nach Wildtierschmugglerei«, kommentiere ich. »Mein Vorschlag: KLIMAANLAGE – Kölner Liga In Mission zur Abwendung Allen Nichtlebensfreundlichen Leids durch die Akute Globale Erwärmung.«

Die beiden starren mich einen Augenblick lang an, dann lachen wir laut los.

Tim fängt sich als Erster wieder. »Nope. Das ist zu kompliziert«, sagt er. »Wir brauchen was Moderneres. Vielleicht was Englisches. So was wie ›Extinction Rebellion‹.«

»Coolibri.«

»Die gibt's doch schon«, besserwissert die Schildkröte.

»Ehrlich?« Tim staunt. »Na gut. Dann vielleicht ›Greenpeace‹?«

»Sehr lustig.«

»Teenage Climate Ninja Turtles?«, schlage ich vor.

Die Schildkröte nickt energisch, Tim schüttelt den Kopf.

»Ich habe eine Idee!«, meldet sich die Schildkröte nach einer Weile des Grübelns. »Wie wäre es mit: AG für Klima- und Artenschutz?«

»Originell.« Tim schlürft an seinem Kölsch.

Ich kritzele auf meinem Bierdeckel herum. »Und wenn wir uns schlicht *Schildschüler* nennen? Also, so eine Kombination aus Protestschildern, Schülern und ... einer Schildkröte.«

Tim stellt sein Kölsch wieder ab. »Nicht schlecht«, meint er.

»Für einen Arbeitstitel reicht es erst mal.« Die Schildkröte taucht ihren Kopf ganz langsam in das Schnapsglas und nimmt einen tiefen Schluck. Hat sie nicht gerade noch gesagt, dass man mit dem Alkohol eine ganze Schildkrötensippe betrunken machen kann?

Tim trinkt den Rest seines Kölsch aus. »Jetzt brauchen wir nur noch einen Plan. Was sagst du, Masterbrain?«

Die Schildkröte leckt noch einen Tropfen Absinth von ihrem Glas ab. »Wir besetzen das nächste Kohlekraftwerk.«

»Gute Idee!« Tim beugt sich vor. »Aber: Wie sollen wir da reinkommen?«

»Hicks«, antwortet die Schildkröte und macht es sich auf einer Serviette gemütlich. »Wir könnten auch einfach die nächste Autobahn besetzen.«

»Gute Idee!«, ruft Tim. »Aber die Autos sehen dich wahrscheinlich gar nicht und fahren dich einfach platt. Lohnt es sich, gleich für die erste Aktion zu sterben?«

»Dafür bräuchten wir tatsächlich mehr Leute«, murmelt die Schildkröte in sich hinein. »Na gut, neuer Plan: Wir kapern ein Atomkraftwerk in Belgien – dann kriegen die Menschen richtig Schiss.«

Ich lehne mich zurück und beschließe, dass man die Pläne eines alkoholisierten Ranzreptils nicht unbedingt kommentieren muss.

»Klingt klasse«, meint Tim. »Aber wie kommen wir nach Belgien?«

»Wir marschieren da einfach ein.«

Tim runzelt die Stirn. »Das ist nicht witzig.« Er sieht mich an. »Wie viel Alkohol verträgt so eine Schildkröte eigentlich?«

Ich zucke mit den Schultern. Jedenfalls scheint die steigende Blutalkoholkonzentration ihre Zurechnungsfähigkeit massiv zu beeinträchtigen.

»Hicks. Dann zerstechen wir halt alle Autoreifen!«

»Weißt du überhaupt, wie viele Autos es allein in Köln gibt?«, fragt Tim.

»So um die fünfhundertsechzigtausend«, kommt es wie aus der Pistole geschossen zurück. »Hicks.«

»Und wie lange würde es dauern, bis wir alle Reifen zerstochen haben?«

»Also, wenn wir pro Reifen dreißig Sekunden brauchen, hicks, dann brauchen wir pro …«

»Das war eine rhetorische Frage«, unterbricht er sie schnell. »Schlag was Besseres vor.«

»Jawohl, hicks. Wir fahren nach Berlin und kidnappen den Bundespräsidenten, bis die Regierung verspricht, das Pariser Abkommen zu verbessern und innerhalb von zwei Monaten umzusetzen.«

»Guter Plan«, sagt Tim. »Du bist total betrunken.«

Die ganze Zeit schon schlürfe ich schweigend an meinem Radler. Jetzt ist es leer. Ich beuge mich vor, um den Gedanken auszusprechen, der mir schon die ganze Zeit durch den Kopf geht: »Ist euch eigentlich schon mal aufgefallen, dass alles, was ihr plant, extrem illegal ist?« Ich stelle das Glas auf dem Couchtisch ab wie eine Richterin ihren Hammer. »Wir sind doch eine friedliche Schüler AG. Wenn man uns überhaupt eine AG nennen kann. Wir sind noch viel zu wenige, um so große Aktionen durchzuführen. Wir müssen erst mal zeigen, dass wir überhaupt existieren, und ein Bewusstsein für die Umweltprobleme schaffen.«

»Hui«, hickst die Schildkröte überrascht. »Du hast vollkommen recht.«

»Sehe ich genauso«, sagt Tim. »Wir müssen die Leute erst mal wissen lassen, dass es uns gibt. Wie wäre es, wenn wir ein Video drehen?«

»Unglaublich super fantastisch, hicks, tolle Idee.« Die Schildkröte sieht so begeistert aus wie ein Hamster auf Diät. »Ich bin kein süßes Kätzchen, junger Mann. Ja, richtig, hicks, ich sehe der Wahrheit ins Auge! Fell steht mir einfach nicht!«

In letzter Sekunde kann ich verhindern, dass ihr Schnapsglas vom Tisch fällt.

Die Schildkröte sieht mich schockiert an. »Sag mal, Marlin«, sagt sie mit bedächtiger Stimme. »Seit wann gibt es dich eigentlich doppelt?«

Kapitel 17

Meine ungemachten Hausaufgaben vervollständigen das Chaos im Baumhaus. Ich liege mit ihnen auf dem Boden, die Bücher und Hefte um mich herum ausgebreitet wie Arme eines Seesterns, und schaue mir das Video an, das Tim vor einer Woche auf DuTube[6] hochgeladen hat. Wir hatten uns dafür noch mal in der *SonderBar* getroffen.

»Hey, Leute!« Tim erscheint auf einem wackeligen Handybild. Die Untertitel musste ich nachträglich einfügen, weil der Sound so schlecht ist. »Hier ist Tim aus der *SonderBar*, und ich stelle euch heute die Schildschüler vor. Die Schildschüler sind eine brandneue AG, die sich für Umweltschutz einsetzt. Da drüben ist Blue Marlin, unsere Chefin.« Die Kamera schwenkt zu mir, und ich verschlucke mich an meinem Eistee. »Hi«, brabble ich.

»Und jetzt sagt Hallo zur Schildkröte!«, hört man Tim.

»Moin.« Sie schaut argwöhnisch in die Linse.

6 Codename einer bekannten Internetplattform zum Hochladen von Videos

Tim übernimmt wieder: »Worum es uns geht? Den Klimawandel gibt es schon immer auf der Erde. Die Durchschnittstemperatur sinkt und steigt im Laufe der Jahre. Bisher hatte die Natur immer genug Zeit, sich an die Schwankungen anzupassen. Momentan haben wir aber einen menschengemachten globalen Superturboboost.« Er schwenkt die Kamera wieder zum Reptil. »Masterbrain, sag uns, was passiert, wenn die Erde so schnell wärmer wird.« Tims Stimme klingt wie die eines Radiomoderators, der sich ordentlich zugedröhnt hat.

»Katastrophen«, antwortet die Schildkröte knapp.

»Was für Katastrophen?«

»Sintfluten, gigantische Wirbelstürme, lange Dürren, Krankheiten, Artensterben. Benutz deine Fantasie. Das Schlimmste, was du dir vorstellen kannst, nur schlimmer. Mit Mutter Natur ist nicht zu spaßen.«

»Gibt es etwas, das wir dagegen tun können?«

»Ja«, sagt sie schlicht. Sie räuspert sich und schließt kurz die Augen. Dann schaut sie so direkt in die Kamera, als wolle sie den Zuschauern in die Seele blicken. »Ihr Menschen habt das Zeug dazu, diesen Wahnsinn zu stoppen. Fangt an, für die Erde auf die Straße zu gehen.« Sie nimmt einen tiefen Atemzug. »Verwendet ausschließlich umweltfreundliche Energie. Stellt sie so preiswert zur Verfügung, dass alle sie nutzen. Verwendet sie, um das CO_2 aus der Luft zu filtern und als Rohstoff zu nutzen. Verwendet sie, um aus Salzwasser Süßwasser herzustellen und damit den Dürren entgegenzuwirken. Kurzum: Reinigt unseren Planeten.« Die Kamera zoomt näher an ihr Gesicht heran, sodass man jede ihrer Falten erkennen kann wie Felsstraßen eines begrünten Gebirges. »Vermeidet Müll, indem ihr ihn gar nicht erst produziert. Ihr denkt, er verschwindet in der Tonne, wenn ihr ihn dort reinwerft? Das habt ihr beim Atommüll anscheinend ja auch gedacht.« Obwohl die Stimme durch das schlechte Mikrofon verzerrt ist, höre ich das Gewicht einer unvorstellbaren Angst heraus, die hinter diesen Worten steckt, aber auch eine ungebrochene Hoffnung. »Seid mutig«, sagt sie. »Schätzt eure Welt. Und schätzt auch euch selbst. Beginnt endlich, im Einklang mit der Natur zu leben.« Sie wirft mir im Video einen Seitenblick zu. »Egal, womit ihr anfangt – fangt an!«

Einen Augenblick hört man nur das Stimmengewirr im Hintergrund der *SonderBar*. Die Schildkröte im Video blickt mich mit ihren schwarzen Augen direkt durch die Linse hindurch an. Das ist der Moment des Videos, in dem mich jedes Mal das Gefühl beschleicht, als müsse ich aufstehen und etwas tun, jetzt, sofort, obwohl es bereits zu spät ist. Irgendwann ist heute. Morgen kann warten. Denn die Zukunft hat gestern begonnen. Es ist ein Gefühl, als hätten wir allein die Macht, die Vergangenheit zu ändern, indem wir die Zukunft retten.

»Das waren ein paar echt gute Tipps, findet ihr nicht auch?« Tim richtet das Handy wieder auf sich. »Bleibt cool, Leute. Wenn ihr Bock habt, kommt zu uns Schildschülern. Demnächst machen wir ein paar spannende Aktionen. Wir brauchen jeden von euch.«

Ende des Videos.

Seufzend werfe ich mein Smartphone in die Leseecke des Baumhauses. Das Video ist jetzt schon eine Woche online und hat kaum Klicks. Über die Hälfte davon sind sehr wahrscheinlich von uns selbst. Wir haben so viel Zeit da rein investiert, aber es bewirkt überhaupt nichts. Außer einer Handvoll Schüler scheint das Thema keinen zu interessieren. *Es reicht nicht, etwas bewirken zu wollen, um etwas zu bewirken*, stelle ich fest. Alles für die Katz. Hätten wir doch lieber ein Video von einem fluffigen Katzenbaby gemacht.

Die Schildkröte habe ich heute noch nicht gesehen. Wahrscheinlich geht sie im Wald spazieren, und wenn Schildkröten einen Spaziergang machen, dann dauert das den ganzen Tag. Mein Blick fällt auf den DIN-A4-Karton neben dem Bett der Schildkröte. Ihr ehemaliges Podest vom Tag beim Dom. Die Schachtel sieht abgewrackt aus.

Ich stehe auf und schaue vorsichtig nach rechts. Nach links. Dann wieder nach rechts.

Kein Schildtier weit und breit.

Ich weiß, ich sollte es nicht tun. Privatsphäre ist für sie das Allerheiligste. Sie würde mein Ohrläppchen im Schlaf abbeißen, wenn sie das herausfindet.

Ich schaue mich noch einmal um.

Langsam öffne ich den Pappkarton. Mein Herz schlägt schneller, und ich vergewissere mich noch mal, dass ich wirklich allein bin.

Ich ziehe meinen Finger wieder zurück und denke kurz nach. Vielleicht ist ja doch eine Sprechanlage drin.

Ich hebe den Deckel. Dann schaue ich hinein.

Der Karton ist bis zum Bersten gefüllt mit den verschiedensten Protestschildern in allen möglichen Sprachen. Griechisch, Russisch, Arabisch sogar. Ein Sticker mit dem Slogan *Atomkraft, nein danke!* bleibt an meiner Hand kleben. Ich finde Flyer von Protesten gegen Bohrinseln und Walfänge. Auf einem Schwarz-Weiß-Foto grinst mir ein Haufen Hippies mit der Schildkröte entgegen. Sieht der eine wirklich aus wie John Lennon? Der andere könnte Bob Dylan sein. Etwas riecht verdächtig nach einem Joint. Matheformeln auf Pergament. Ausgeschnittene Zeitungsartikel mit Schlagzeilen wie *1970: europäisches Naturschutzjahr* blitzen auf, und Aufnäher von der NABU und dem BUND sind auch drin.

Unter einer Werbung für einen Kühlschrank namens

Greenfreeze liegt ein rosafarbener Brief. Das Papier fühlt sich kostbar und weich an, es riecht nach einem Hauch von Rosen und Mangold. Beim Auseinanderfalten erkenne ich das Muster der Fasern, aus denen das Papier zusammengesetzt ist.

Liebste Shelly,

lese ich die Zeilen in der Handschrift eines Siebenjährigen, die ich schon kenne,

kein Jahr vergeht, ohne dass ich an dich denke. An die Wölbung deines wunderschönen Panzers und an deine Stimme, welche von der Weisheit der Sterne am Himmel erzählt. Kein junges Blatt hat eine so lebendige Farbe wie die Falten deines Gesichts.
Ich schreibe dir aus den Tiefen der sogenannten menschlichen Zivilisation und versuche, die Welt für dich zu retten, so wie du sie liebst.
Ich sehne mich nach dem Jahrzehnt, in dem wir gemeinsam in Freiheit leben können.

Kurz muss ich über diesen schnulzigen Text lächeln.

»Ich habe dir vertraut«, sagt die Schildkröte.

Ich zucke zusammen, nicht ohne die Dokumente und eine Reihe weiterer rosafarbener Briefe von mir zu schmeißen. Sie verteilen sich im Baumhaus, leisten meinen ungemachten Hausaufgaben Gesellschaft.

Hektisch sehe ich nach links und rechts, aber die Schildkröte ist nirgends zu sehen. Hoffentlich habe ich mir nicht auch den Dusel eingefangen.

Vorsichtig sammle ich die Schilder und Briefe wieder auf, versuche, mich an die richtige Reihenfolge zu erinnern, und lege sie nacheinander in den Pappkarton zurück.

»Menschen«, tönt es wieder. »Sie sind so mit sich selbst beschäftigt, dass sie das Wesentliche aus den Augen verlieren. Schauen überallhin, nur nicht nach oben.«

Mein Blick schnellt hinauf. Da kauert sie, im Dreieck des Dachstuhls, und blickt mit ihren schwarzen Augen auf mich herab. Wie ist sie denn da hochgekommen?

»Du fragst dich, wie ich hier hochgekommen bin«, sagt sie und klingt dabei irgendwie außer Atem. »Typisch. Nur weil ihr es euch nicht vorstellen könnt, kann das ja nicht funktionieren. Eure Vorstellung ist die Begrenzung dessen, was ihr für möglich haltet.«

»Hat Oma dich dahin getan?«

»Nein!« Ein Ausruf der Kategorie Quietschente.

Ich grinse. »Na, dann komm jetzt. Ich mach uns Salat.«

»Marlin.«

»Ja?«

Die Schildkröte druckst herum und murmelt etwas.

»Wie bitte? Etwas lauter, sonst verstehe ich dich nicht.«

»Hol mich mal hier runter«, quietscht sie.

»Was? Ich habe das Zauberwort nicht gehört.«

»ABRAKADABRA!«, schreit sie.

»Ist ja gut.« Ich nehme sie vorsichtig runter und stecke sie in meine Brusttasche. »Eigentlich wollte ich nur *bitte* hören.«

»Stell dir vor, dein Papa würde alle deine Tagebücher lesen«, sagt sie, als sie sich wieder gefasst hat.

»Ich habe keine Tagebücher, aber okay.«

»Du hast in meinen innigsten Gefühlen und Gedanken herumgewühlt. Das steht dir einfach nicht zu.«

»Hast recht.« Im Nachhinein ist mir das ein bisschen peinlich. Ich nicke verlegen. »Es tut mir echt leid. Ich war einfach zu neugierig und konnte nicht widerstehen.«

»Was dachtest du denn, was drin ist?«, schnauzt sie. »Schrödingers halbtote Katze?«

»So ähnlich«, grummele ich. »Wer ist eigentlich Shelly?«

»Niemand«, nuschelt sie gegen den fransigen Rand der Jeanstasche.

Aus der Ferne höre ich die Haustürklingel.

Ich laufe los. »Dafür hast du dich aber viel mit der Wölbung ihres Panzers beschäftigt.«

Die Schildkröte bekommt ein leicht verträumtes Schimmern in den Augen, bevor sie wieder ihren beleidigten Blick aufsetzt.

Auf dem Weg über die Terrasse sehe ich durch die Glasfront, dass Oma drinnen im Flur steht und die Tür schon geöffnet hat. Vielleicht hat Papa seinen Schlüssel vergessen?

»Du kommst mir bekannt vor«, höre ich Oma sagen, als ich reinkomme. »Ach ja, ich glaube, du bist mein neuer Freund.«

Tim steht vor der Haustür und grinst über beide Wangen. »Na ja, Sie sind zwar nicht mein Typ«, meint er, »aber ich bin tolerant.«

Meine Oma sieht geschmeichelt aus.

»Hi, Blue Marlin!« Tim bemerkt, dass ich mit der Schildkröte am Tresen der Küche lehne. »Glaubst du an Liebe auf den ersten Blick, oder meinst du, ich sollte noch mal für deine Oma reinkommen?«

Meine Oma dreht sich zu mir um, und auf ihrem Gesicht liegt ein Ausdruck, der verdächtig nach Eifersucht aussieht.

»Was machst du hier?«, frage ich ihn im Gegenzug.

»Ich wollte heute mal ein bisschen Bilanz ziehen und die nächste Aktion planen. Kann ich reinkommen? In der *SonderBar* läuft gerade die Übertragung der Bierpong-Weltmeisterschaft.«

»Also, eigentlich mache ich grad Hausaufgaben.«

»Von wegen«, knarzt die Schildkröte dazwischen. »Sie liegt seit Ewigkeiten auf dem Boden rum und starrt Löcher in die Luft.«

»Möchten Sie einen Tee, hübscher Mann?«, fragt Oma hoffnungsvoll.

»Aber sehr gerne«, antwortet Tim.

Meine Oma lacht freudig und geht Richtung Wohnzimmer, wo sie offenbar glaubt, Tee kochen zu können.

»Na dann«, murmele ich und gehe auf Tim zu. »Hereinspaziert.« Ich ziehe an seinem Ärmel. »Aber schnell, sonst wirst du Oma nicht mehr los.«

»Aber sie ist doch so ausgesprochen charmant.«

Ich verdrehe die Augen und schleiche am Esstisch vorbei durch den Flur in mein Zimmer. Rasch ziehe ich die Tür hinter uns zu. »Sorry, ist eine Messiehöhle«, merke ich an, als er sich umsieht. Unauffällig kicke ich dreckige Wäsche unter meinen Schreibtisch.

Überall liegen Wollknäuel herum. Man hört, wie Muska gerade in einem verborgenen Winkel eines davon mit ihren Krallen zerfetzt. Ertappt starrt sie mich an, als ich sie unter dem Schreibtisch knapp neben der Wäsche entdecke.

»Hast du das alles selbst gestrickt?«, fragt Tim. »Dein Zimmer sieht aus wie ein Kunstwerk.«

Mein Kleiderschrank quillt über vor Mützen, überall sitzen selbst gehäkelte Kuscheltiere herum. Sogar mein Globus hat einen Schal. Den Moment, in dem der erste Junge mein Zimmer betritt, habe ich mir irgendwie anders vorgestellt.

»Gehäkelt«, gebe ich zögerlich zu, »aber ja, schon.« Ich ärgere mich, dass ich Tim nicht auf die Terrasse gebracht habe. Mein Zimmer ist mein eigenes Reich, und außer Papa und Oma war hier schon ewig keiner mehr. Es fühlt sich sehr komisch an, so als würde jemand meine nicht existierenden Tagebücher lesen.

Mein oller Schreibtischstuhl meckert, als Tim es sich darauf gemütlich macht. »Also, ich habe mir überlegt, dass wir irgendwie mehr Bewusstsein schaffen müssen.«

Mir fällt auf, dass hinter Tim ein paar ziemlich groteske Häkelversuche auf dem Regal stehen, neben benutztem Geschirr, das es noch nicht alleine in die Küche geschafft hat. Dazu peinliche Schnulzfilme, die Papa so mag. Hoffentlich dreht er sich nicht um.

»Das hast du dir nicht überlegt«, korrigiert ihn derweil die Schildkröte, »das hat Marlin schon vor einer Woche vorgeschlagen.«

Direkt neben meinem Laptop auf dem Schreibtisch liegen alte Socken. Ganz unauffällig gleitet meine Hand in ihre Richtung, knüllt sie zusammen und lässt sie in meiner Hosentasche verschwinden.

»Wir könnten in der Pause einen Stand auf dem Schulhof aufbauen und Flyer verteilen«, meint er, ohne auf ihren Kommentar einzugehen.

»Das ist die dümmste Idee, die ich je von einem Möchtegernaktivisten gehört habe«, zetert die Schildkröte. »Flyer für den Umweltschutz. Geht's noch? Weißt du, wo das Papier herkommt?«

»Stimmt«, sagt Tim. »Wie dumm von mir.«

»Wenigstens steht er zu sich«, mokiert sie sich.

»Wir müssen die Leute aber mit irgendwas locken.« Er dreht an einem Silberring in seinen schwarzen Dreadlocks. »Vielleicht Waffeln und Kuchen gegen Spenden?«

Ich zucke mit den Schultern. »Das ist voll Standard,

und die Schüler kommen dann nur wegen der Waffeln. Wir haben doch eine Message.«

Plötzlich öffnet sich die Tür, und Oma kommt mit einem Tablett Tee herein. »So, mein Liebster«, sagt sie zu Tim. »Hier hast du deinen Tee.«

»Vielen Dank.« Er nimmt sich eine Tasse.

Wie, bitte, hat sie es geschafft, im Wohnzimmer Tee zu kochen? Das Tablett stelle ich schnell auf meinen Schreibtisch. »Danke, Omi.«

Sie ignoriert mich, sieht Tim bedeutungsvoll an und schließt dann wieder die Tür.

Bevor ich es verhindern kann, nimmt Tim einen tiefen Schluck Tee. Ich halte den Atem an.

»Was ist?«, fragt er. Dann schaut er seinen Tee an. »Der schmeckt gut.«

»Echt?« Ich nehme mir die zweite Tasse und nippe hoffnungsvoll an der Flüssigkeit. Mir wird schlecht. Da ist so viel Salz drin wie in der ganzen Nordsee. »Iiieh.«

Ich vermisse Omas Tee. Seit ich denken kann, hat sie mir welchen gekocht. Wenn ich mir das Knie aufgeschlagen hatte, gab es Kamillentee. Wenn wir vor dem Abendessen auf Papa warten mussten, gab es Kirschtee mit Imkereihonig. Wenn ich den Mathetest verhauen habe, gab es Schwarzen Tee mit Sahne. An den schlimmsten Tagen gab es Vanilletee mit Bienenstich und einem langen Gespräch über Gott und die Welt dazu. Alles, was ich brauchte, waren ein paar warme Tassen Tee. Warum konnte die Welt nicht für immer so bleiben?

Tim will nach den Plätzchen auf dem Tablett greifen. Blitzschnell nehme ich ihm die Schale weg.

Geschockt hebt er seine Hände.

Ich stelle die Schüssel auf den Boden. Muska stürzt darauf zu. »Katzenleckerlis«, erkläre ich und erröte. »Unsere Katze hat halt Personal.«

»Also Hundesnacks habe ich schon mal versehentlich probiert«, lacht Tim. »Die sind nicht *so* lecker, aber man stirbt nicht davon.«

Ich grinse. »Die hier sind aber mit Fischgeschmack. Die schmecken überhaupt nicht, vertrau mir.« Ich habe mir alle möglichen Situationen mit einem Jungen in meinem Zimmer vorgestellt, aber ganz bestimmt nicht diese hier.

Tim lehnt sich zurück. »Hast du denn eine bessere Idee, wie wir unsere Message verkaufen könnten?«

Ich rücke die bunte Mütze auf meinem Kopf zurecht. »Wir könnten Mützen verkaufen.«

Er sieht mich so begeistert an, dass ich mich frage, ob Oma eine ihrer Pillen in seinem Tee aufgelöst hat. »Blue Marlin, du bist offiziell ein Genie.«

Oje. Warum habe ich das vorgeschlagen?

»*Mützen*?« Dem Reptil steht der Mund offen. »Seid ihr endgültig verrückt geworden? Es ist Sommer! Die Leute brauchen Bikinis, keine Mützen! Verkauft doch lieber Kondome, frei nach dem Motto: *Schützt die Umwelt! Macht weniger Menschen! Tut was gegen die Überbevölkerung!*«

»Klimaschutzmützen sind ein *Statement*«, erklärt Tim der Schildkröte.

»Was für ein *Statement* soll das sein, bitte schön?«

»Das Wetter spielt verrückt. Bald brauchen wir Mützen im Sommer und Bikinis im Winter«, erkläre ich.

Man sieht das Hirn der Schildkröte einen Moment arbeiten.

»Nicht schlecht für eine Baumkuschlerin«, grummelt sie mir zu.

Kapitel 18

Zwei Wochen später warte ich mit meinen Mitschülern auf den nervigen Mathelehrer. Es ist früh. Es ist Montag. Falls hier jemand nach einer Definition für beschissene Tage sucht …

Zu allem Überfluss lehnt sich Mona-Elif an meine Tischkante, und ich vermassele den letzten Knoten einer Klimaschutzmütze.

»Hi.« Sie spielt an ihrem Silberkettchen. »Dir gehört doch die Schildkröte.« Sie hat noch nie mit mir gesprochen.

»Sie gehört mir nicht.« Meine Häkelnadel hat sich in der Wolle verhakt. »Sie gehört sich selbst.« Wenn Schildi mich jetzt hören könnte, wäre sie stolz auf mich. Stattdessen schnarcht sie noch im Baumhaus, weil sie meinte, Schule wäre doch nicht so interessant, wie sie es erwartet hatte.

»Krass. Kann ich die mal sehen?«

»Sorry.« Endlich löse ich diesen verkorksten Knoten. »Sie ist zu Hause. Hat keinen Bock auf Schule.«

»Sie kann aber nicht wirklich sprechen, ne?«

»Doch.« Ich sehe kurz zu ihr auf. Ihr Blick hat etwas von einem Bohrturm, der in den Tiefen meines Gehirns nach wertvollen Informationen bohren will. »Leider kann sie das.«

»Das ist doch bestimmt nur ein Trick.« Mona-Elif verengt ihre Augen zu Schlitzen. »Du bist einfach geil auf Aufmerksamkeit, oder?«

»Ja klar, hast recht. Ist alles nur ein Bauchredner-Trick.« Ich kippele ein wenig mit dem Stuhl. Sehne ich mich grade echt nach einem endlosen Monolog der Schildkröte?

»Tja, mit deinem Bob-der-Baumeister-Outfit hast du ja offensichtlich keine Aufmerksamkeit bekommen.«

Ich fühle mich, als hätte ich gerade einen Schlag ins Gesicht bekommen.

»Lass gefälligst Tim in Ruhe«, sagt Mona-Elif bedrohlich.

Bevor ich darauf antworten kann, ist sie schon zu ihren Freunden hinübergelaufen. Was hat die Schulkönigin auf einmal mit meinem Kumpel zu tun?

Biologie ist ohne die Schildkröte sterbenslangweilig, aber wenigstens lässt Frau Rose mich meine Musik hören. Am Ende steuere ich schnurstracks auf den Ausgang zu, aber kurz vor der Türschwelle höre ich meinen Namen: »Marlin!«

Ach ja, die AG.

Ich drehe mich um und gehe zum Pult von Frau Rose.

»Und? Macht ihr Fortschritte?«, fragt sie, während sie die Folien vom Overheadprojektor einpackt.

»Rückschritte«, fasse ich unsere kläglichen Weltrettungsversuche der letzten paar Wochen zusammen. »Haben Sie den Verkaufsstand mit den Mützen gesehen?«

Sie hebt eine Augenbraue. »Ich habe mich schon gewundert, was ihr im Sommer mit Mützen wollt. Vor allem mit so vielen Mützen. Habt ihr die selbst gemacht?«

»Die anderen können nicht häkeln. Meine Oma und ihre Kartenfreundinnen haben mir geholfen, und jetzt habe ich eine ganze Lkw-Ladung davon im Keller. Wir haben uns mit dem Verhältnis von Angebot und Nachfrage etwas verschätzt.«

Frau Rose spielt an ihrem blattförmigen Silberohrring. »Hättet ihr keine Klimaschutzbadesachen machen können?«

»Nein!«, sage ich eine Spur zu laut. »Es geht doch um die Message! *Das Wetter spielt verrückt. Bald brauchen wir Mützen im Sommer und Bikinis im Winter.*«

Frau Rose ist unmerklich zusammengezuckt. »Ach so. Na ja. Die Idee ist gut. Aber das versteht doch keiner.«

Ich seufze. »Haben Sie sich schon unser neuestes Video angesehen?«

»Ja klar! Ich habe es mir sogar fünfmal angesehen.«

»Herzlichen Glückwunsch«, brumme ich. »Sie machen ein Drittel unserer Zuschauer aus.« Die restlichen zwei Drittel sind meine Oma und die AG. Vielleicht noch Mona-Elif.

»Ehrlich?« Frau Rose macht ihr Täschchen zu. »Dabei fand ich das Video eigentlich ganz informativ. Tim hat lobenswert frei vorgetragen.« Sie kichert. »Und ich fand die Schildkröte echt süß!«

»Da sind Sie eine der wenigen, die sich statt niedlicher Katzen lieber Videos von vorlauten Reptilien anschauen, die Hiobsbotschaften überbringen.« Eigentlich finde ich das Video ziemlich schlau. Es ist mir ein Rätsel, warum es niemanden außer uns zu interessieren scheint. Es ist, als würden wir mit einer Tafel reden, obwohl wir keine langweiligen Lehrer sind.

»Ich bin schließlich eine Biologielehrerin.« Sie zwinkert.

»Oh, und haben Sie unseren glutenfreien veganen Kuchen letzte Woche probiert?«

»Welchen Kuchen?«

»Genau! Welchen Kuchen? Den gab's nämlich gar nicht. Es ist nicht so einfach, glutenfreien veganen Kuchen zu backen. Wir haben es viermal versucht.« *Und als wir es dann geschafft hatten, haben wir ihn selbst aufgegessen, weil wir so hungrig waren*, ergänze ich in Gedanken. Richtig geschmeckt hat er aber auch nicht, ziemlich wässrig. Ich lasse meine Schultern hängen. »Und dann der Stromausfall letzte Woche ...«

»Da war ich grade im Lehrerzimmer und wollte mir einen Tee machen, aber als ich zurückkam, war der Wasserkocher aus.«

»Das war Omas altes Waffeleisen«, sage ich. Einfallslos, wie wir waren, haben wir uns doch auf Tims Idee eines Standardwaffelverkaufs geeinigt. Ohne jedoch vorher Omas antikes Waffeleisen auszuprobieren, welches daraufhin die Schule kurzgeschlossen hat. Mit Geld allein können wir die Welt sowieso nicht retten, oder?

»Ich habe übrigens mit dem Direktor gesprochen«, fällt Frau Rose ein. »Leider dürft ihr keine Bäume auf dem Gelände pflanzen.« Wir gehen gemeinsam aus dem Klassenraum.

»Wieso nicht?« Man hört die Stimmen der Schüler draußen auf dem Schulhof.

Frau Rose schließt den Raum ab. »Die neuen Brandschutzmaßnahmen.«

»Hä? Glaubt er, die Bäume zünden sich selbst an, oder was?«

»Ich finde es auch schade.« Frau Rose zuckt mit den Schultern. »Die Stadt will das nicht genehmigen. Leider muss ich jetzt doch noch schnell zum Lehrerzimmer. Ich bin gespannt, was ihr euch als Nächstes ausdenkt.« Sie eilt davon.

Ich seufze. Was soll ich mir denn noch ausdenken? Als wir die Lehrer gefragt haben, ob sie weniger drucken könnten, wurden sie plötzlich launisch. Die Idee, im Kunstkurs das Projekt *Klimakritische Kunst* einzuführen, ist daran gescheitert, dass dies ja nicht im Lehrplan stünde. Mir fällt nichts mehr ein, was wir sonst noch mit unseren bescheidenen Mitteln machen könnten.

Ich schlendere Richtung Schulhof und setze mich auf eine Bank, um einen schrumpeligen Apfel vom Bauernhof zu essen. »Nichts verschwenden«, hat die Schildkröte mir heute Morgen eingebläut, als ich meine Schulüberlebensration eingepackt habe. Ich würge ihn herunter und häkele weiter. Mir fehlt das Reptil. Es würde mir jetzt zum Beispiel erzählen, dass das Meer durch den Braunalgenteppich bald von oben betrachtet so aussieht, als hätte ein Mensch mal ordentlich in die Kloschüssel geballert. Irgendwie hat die grüne Quasselstrippe die Pausen erträglicher gemacht. Ich sehe jetzt alles in einem anderen Licht.

Nach fünf Minuten packe ich mein Häkelzeug weg, um mich auf die Suche nach Tim zu machen. Er sitzt wie immer bei den Steintischen, die von diversen Cliquen belagert sind. Er hat einen ganzen Tisch allein nur für sich und seine Kunst.

Kurz muss ich lächeln.

Den Trubel um sich herum nimmt er gar nicht wahr, er ist vertieft in eine Zeichnung. Mit den Füßen schiebt er sein Skateboard unter dem Tisch vor und zurück. Vor ihm ausgebreitet liegt eine Schachtel Stifte in allen Farben des Regenbogens.

Ich nehme einen tiefen Atemzug und spiele die Sätze,

die ich gleich sagen will, noch mal in meinem Kopf ab. Meine Miene verhärtet sich. Ich gehe entschlossen auf ihn zu, verfolgt von den Blicken Mona-Elifs, die an ihrem Tisch von ihren Bewunderern umringt ist. Ich setze mich ihm gegenüber, aber selbst da bemerkt er mich noch nicht. Aus dem Handgelenk schraffiert er das Fell eines Leoparden, der sich glücklich in einer strahlend grünen Wiese wälzt. Eine Weile lasse ich mich von den Stiftbewegungen hypnotisieren, von der gelben Farbe, die sich auf dem Büttenpapier absetzt.

Als ich mich räuspere, zuckt er zusammen. »Oh, hallo Blue!«, sagt er verlegen und legt eine Hand fast schon beschützend über den halb fertigen Leoparden. »Sitzt du schon lange da?« Er scheint zu registrieren, dass nur ich es bin, und zieht die Hand von seiner Zeichnung. »Das ist ein Amurleopard«, erklärt er. »Das sind die seltensten Leoparden der Welt. Kannst du dir vorstellen, dass selbst eine so mächtige Raubkatze durch den Menschen ausgerottet wird?«

Er erwartet keine Antwort, weil wir sie beide bereits kennen.

In seiner Stimme liegen so viel Bestürzung und Unglaube, dass ich mich echt ein paar Sekunden lang überwinden muss, bevor ich die nächsten Worte aussprechen kann. »Lass uns aufhören!«, sage ich schnell. Dann, etwas langsamer: »Mit dem AG-Zeug.«

Das Leuchten in seinen Augen dimmt ab. »Hä?« Er schüttelt verwirrt den Kopf und legt seinen Stift beiseite. »Was? Warum das denn?«

Ich verschränke die Arme und umgreife mit meinen Händen die Träger meiner Latzhose. »Weil der ganze AG-Kram uns nicht mehr einbringt als ein paar dumme Sprüche. Ich kann das einfach nicht mehr ertragen. Mich nimmt das alles emotional total mit, dass niemand uns zuhört. Wir tun uns damit doch nur selbst weh. Es interessiert einfach überhaupt niemanden außer uns beiden und die Schildkröte. Dem Rest der Welt scheint die Welt egal zu sein.« Ihn anzusehen schaffe ich nicht.

Ich höre, wie er sein Zeichenbuch zuklappt. »Das kannst du nicht machen. Ich brauche dich.« Er greift nach meinen Händen an der Latzhose und drück sie ganz fest.

Hinter uns verschluckt sich Mona-Elif und hustet so laut, dass ich zusammenzucke.

»*Haters gonna hate.*« Tim löst seine Hände langsam wieder von meinen. »Ist doch egal, was die anderen sagen. Die kapieren doch überhaupt nicht, was auf dem Spiel steht. Sie leben stumpf vor sich hin und wärmen sich an der Hitze ihrer verbrennenden Zukunft.«

Ich seufze. »Die AG ist halt uncool«, sage ich lahm. »Es hat alles keinen Zweck. Mit unseren Aktionen können wir rein gar nichts bewirken.«

Er steht auf und packt alles außer seinem Malblock in den Rucksack. »Alles Coole war mal uncool.« Er schnallt das Skateboard an seinen Backpack.

Für den Bruchteil einer Sekunde kreuzen sich unsere Blicke. Er sieht mich so direkt an, dass ich meine Augen sofort wieder auf die steinerne Tischoberfläche richten muss.

»Weißt du was, Blue?« Seine Stimme klingt sehr nüchtern, nicht so verträumt wie sonst. »Ich muss dir was zeigen. Komm mal mit.«

Unsicher stehe ich auf und folge ihm. Eine Weile umrunden wir schweigend das Schulgelände. Ich schaue meinen Füßen dabei zu, wie sie Schritte machen. Meine Kehle fühlt sich trocken an, und mir liegt noch der Geschmack von faulem Apfel auf der Zunge.

»Weißt du«, sagt Tim dann in einem Ton, als kämen

seine Worte direkt vom Herzen. »Mir war bisher nie so wirklich bewusst, was die Natur mir bedeutet. Dabei skate ich jeden Tag kleine Umwege durch Waldwege oder am Rhein entlang, nur um ein bisschen Grün zu sehen. Gestern habe ich mal meine alte Kunstmappe herausgeholt. Alles ist voller Natur.«

Er reicht mir sein Skizzenbuch, damit ich mir seine Kunstwerke darin anschaue. Als ich es nehme, hält er es eine Sekunde zu lange fest. »Du bist die Erste, die das sehen darf«, flüstert er. In seinem Blick liegt etwas nie Dagewesenes.

Die Blätter sind mit gezeichneten Blättern übersät, mit Hunden und Regentropfen, mit Samenkörnern und Felsformationen, mit Wiesen und Waldlandschaften.

»Du und die Schildkröte, ihr habt mir vor Augen geführt«, fährt er fort, »dass die Natur die größte Inspiration ist. Sieh dir ein Detail an, egal was.« Er macht eine vage Geste in unsere Umgebung. »Eine Vogelfeder, ein Blatt, das Wasser. Es gibt keine größere Inspiration für einen Künstler als die Natur. Auch für die Wissenschaft. Wenn ein Mensch eine Drohne bauen will mit den Eigenschaften einer Fliege, dann erst begreift er, wie perfekt jedes einzelne Lebewesen ist. Die Natur ist absolut pure Inspiration. Wieso darf der Mensch sie so missbrauchen und ausbeuten?«

Mir fällt darauf keine Antwort ein, aber das war bestimmt eine rhetorische Frage. Ich muss unwillkürlich an den Wald vor unserem Haus denken. Als Kind konnte ich dort meiner Fantasie freien Lauf lassen, die Äste wurden zu Schwertern, die Blätter zu flatternden Fahnen, die Stämme zu Marterpfählen und eine Fichte zum Dichter.

Wir kommen zu der eingetrockneten Wiese neben dem neuen Kunstrasensportplatz.

»Am Ende sind es nicht die wilden, wunderschönen

Tiere, die überleben«, fährt Tim fort. »Nicht die Tiger, Leoparden, die Löwen und Gorillas. Es sind die Tiere, die im Abfall unserer Zivilisation leben. In der Kanalisation, auf den Müllhalden.«

Ich schrecke ein wenig vor dem beschwörenden Tonfall seiner Stimme zurück.

»Blue, ich will nicht, dass diese uralte, mächtige Schönheit weichen muss.« Tims Augen sind auf den staubtrockenen Boden gerichtet. Wir stehen genau in der Mitte der dürren Wiese. »Ich möchte nicht das Sterben und Vergehen malen, keine Legenden auf Papier bringen. Sondern das pure, wilde Leben! Ich will mit grünen und blauen und gelben und roten Farben malen, nicht mit Grau!«

Seine Worte hallen in mir nach. Ich wusste nicht, dass er so für die Natur brennt, dass er glatt eine Schildkröte sein könnte. Ich dachte immer, für ihn ist Umweltretten ein Hobby, ein kleines Nebenprojekt neben den hundert anderen Dingen, die er sonst so treibt. Ich zucke zusammen, als er mir den Malblock aus der Hand nimmt und auf die fensterlose Rückwand unserer Turnhalle deutet. »Sieh mal da.«

»Was ist da?«, frage ich wie aus einer Trance heraus.

Er stellt sich direkt hinter mich. »Und jetzt hier.« Er hält eine Zeichnung vor mein Gesicht. Darauf ist genau diese Wand abgebildet, allerdings vollgemalt mit Pflanzen. Farne, Palmen, Mammutbäume, Efeu. Ihre Blätter ranken sich um eine blaue Wasserblase in ihrer Mitte. Darin schwimmt eine Schildkröte mit traurigen Augen. Die Umrisse des Kunstwerkes brennen. Der obere Teil der Wand ergänzt es perfekt mit seinen grauen Rauchschlieren.

»Wow«, flüstere ich. Ich spüre seinen Atem in meinem Nacken. »Ähm, sieht mega aus …«

»Und hier«, er deutet auf den Boden unter unseren Füßen, »pflanzen wir den ersten Baum.« Er malt mit seinem abgetragenen Schuh ein großes Kreuz auf dem Boden.

»Hat die Schulleitung das durchgewunken?«, frage ich.

Tim packt den Zettel ein. »Wir hören doch jetzt auf mit dem AG-Zeugs«, imitiert er meine Stimme. Er legt mir beide Hände auf die Schultern, sein Gesicht direkt vor meinem. »Folglich sind wir offiziell Rebellen. Das ist ein Protest. Abwarten tun alle. Wir nicht.«

Wir nicht, so, wie ich es immer zu Papa sage.

Tim grinst. »Wir treffen uns Freitagnacht. Zieh was Dunkles an!«

Kapitel 19

»Wie ist die Beziehung zu Ihrer Mutter?«, fragt die Schildkröte meinen Papa, als ich auf die Terrasse komme. Papa liegt so in meinem Liegestuhl, als hätte jemand ihn dort achtlos hingeworfen. Er trägt noch seinen zerknitterten weißen Kittel, die Lesebrille sitzt schief auf seinem Gesicht, und seine Haare stehen in alle Richtungen ab. Schlimmer als an meinem Bad Hair Day. Die letzten Sonnenstrahlen tauchen ihn in ein glühend rotes Licht.

Die Schildkröte sitzt hinter ihm auf dem Gartentisch.

Ich setze mich mit meinem Schmusi[7] zu ihr und schaue sie fragend an.

Das Reptil nickt kurz, mein Vater reagiert nicht. Sein Blick ist in die Ferne gerichtet, er scheint tief in Gedanken versunken zu sein und mich gar nicht hinter sich wahrzunehmen. »Meine Mutter ist kaum wiederzuerkennen, seit mein Vater gestorben ist«, sagt er traurig zur Schildkröte.

[7] Marlinesisch für Smoothie

Ich erstarre.

»Auch wenn Ihre Mutter nicht mehr wiederzuerkennen ist, ist sie ja trotzdem noch Ihre Mutter.« Die Schildkröte nimmt einen Schluck aus ihrer Wasserschale. »Sie ist – wie ich auch – immer noch ein emotional empfindendes Wesen. Sie als Arzt müssten das doch wissen.«

Angespannt schaue ich zwischen den beiden hin und her.

»Nur weil ich Arzt bin, bin ich nicht immun gegen den Tod und das Alter«, sagt er, während die Sonne immer weiter hinter dem Wald verschwindet. »Ich habe meine Eltern beide gleichzeitig verloren. Dass mein Vater von uns gehen würde, war vorherzusehen, aber in dem Moment trotzdem ein Schock. Meine Mutter verabschiedet sich langsam, aber unaufhaltsam von der Welt, und das ist für mich noch viel schlimmer. Mit ihr und gleichzeitig ohne sie zu leben.«

Es ist das erste Mal, dass ich meinen Vater so offen über seine Gefühle reden höre.

»Das ist ein schweres Trauma«, bestätigt die Schildkröte einfühlsam. »Nicht jeden Tag wird man zu einem Waisenkind. Aber haben Sie schon einmal darüber nachgedacht, dass es Marlin genauso geht wie Ihnen, wenn Sie sich nie Zeit für sie nehmen?«

Ich zucke unmerklich auf dem Terrassenstuhl zusammen und verschütte fast meinen Schmusi aus Erdbeeren, Himbeeren und Spinatblättern. *Das kannst du nicht zu ihm sagen!*, versuche ich der Schildkröte telepathisch weiszumachen.

Sie bedeutet mir nur mit einem strengen Blick, still zu bleiben.

»So habe ich noch nicht darüber nachgedacht.« Papa schaut zu den Kondensstreifen am Himmel hinauf. Sie strahlen in der Abendröte.

»Ach so«, sagt die Schildkröte. »Aber trotzdem gut, dass wir darüber sprechen.«

»Ich bin ein schrecklicher Vater!«, jammert er plötzlich.

Nein, will ich ihm sagen. *Nein, du bist kein schrecklicher Vater.* Ich würde ihn jetzt gerne trösten.

»Nicht den Kopf verlieren, Doc.«

»Den habe ich doch schon längst verloren!« Er nimmt seine Brille ab, um sich eine Träne von der Wange zu wischen.

Auch meine Tränendrüsen brennen leicht. Zur Beruhigung nehme ich einen kalten Schluck meines Schmusis. Ich glaube, da müssen wir jetzt wirklich durch.

»Hm.« Die Schildkröte blickt auf imaginäre Notizen hinab. »Kommen wir noch mal auf Ihre nächtlichen Träume zurück.«

»Ähm.« Papa steckt seine Brille in die Kitteltasche. »Wie gesagt, ich schlafe kaum. Aber wenn, dann sind die Träume irgendwie ... intensiver als früher. Alles ist so real, dass ich manchmal nicht merke, dass ich schon wieder aufgewacht bin. Gestern habe ich geträumt, dass ich im Wohnzimmer sitze und plötzlich alles voll Wasser ist. Es kam von überallher: durch die Fenster, aus den Türen, aus dem Wasserhahn, sogar aus dem Boden. Ich konnte nicht flüchten. Unser ganzes Haus wurde überschwemmt. Irgendwann musste ich untertauchen, und dann bin ich ertrunken.«

O nein, denke ich. Jetzt weiß ich, warum er immer so müde ist. Ob es ihm helfen würde, wenn ich ihm abends etwas vorlese?

»Das klingt nach Zukunftsängsten.« Die Stimme der Schildkröte hat etwas Einlullendes. »Aber Ihre Träume bedeuten ja nicht, dass Sie die Gefahren der Zukunft nicht abwenden können, indem Sie umweltbewusster leben.«

Mein Vater ist so vertieft in die Details seines Traumes, als würde er ihn gerade wieder erleben. »Und da taucht immer diese gigantische rosafarbene Qualle auf. Mit riesengroßen Tentakeln, die mich einwickeln wollen. Was hat das zu bedeuten?«

»Hm.« Das Reptil nickt professionell. »Ich würde sagen, also wenn ich es so überdenke und es genauer betrachte, dann bedeutet eine Qualle manchmal eben … dass dort eine Qualle ist. Oder, äh, wie soll ich sagen, riesige rosafarbene Quallen … kann es sein, dass Sie eher auf üppige Frauen stehen?«

Ich verschlucke mich am Schmusi.

»Mein Kopf tut weh«, murmelt Papa.

Ich versuche, die rosafarbene Qualle aus meinem Kopf zu kriegen.

»Das liegt daran, dass Ihre Seele ans Kündigen denkt«, sagt sie. »Vielleicht sollten Sie das tun, bevor Ihre Seele es übernimmt.«

Papa macht große Augen. »Aber … ich bin doch selbstständig!«

»Man wird doch wohl eine Pause im Beruf machen können.«

Eine Pause könnte er wirklich gut vertragen. Ich will, dass er wieder so unbeschwert ist wie damals, als wir lachend unter der Dichtenden Fichte auf dem warmen Waldboden lagen.

»Ein Beruf ist das Gegenteil von Pause.«

»Das Leben ist nicht nur zum Arbeiten da. Arbeit ist dazu da, um das Leben zu finanzieren«, sagt die Schildkröte mit Oberlehrerstimme. »Auf mich wirkt es allerdings so, als würden Sie gar nicht leben.«

»Ich muss ja auch arbeiten.«

»Machen Sie ein Sabbatjahr. Denken Sie drüber nach. Und vor allem: Fahren Sie mehr Fahrrad!«

Mit einem Seufzer zieht Papa ein Päckchen Ost[8] aus seiner Arzttasche und steckt sich eine Giftnudel zwischen die Zähne. Die Spitze leuchtet in der einsetzenden Dämmerung rot auf, als er sie anzündet. Es sieht aus, als würde ein wütendes Glühwürmchen vor seinem Gesicht schwirren.

Die Schildkröte bekommt einen heftigen Hustenanfall. »Ihr raucht die Erde wie Zigaretten!«, keucht sie. »Begeht eine Sünde für einen Augenblick des Genusses. Verschwendet keinen Gedanken daran, dass ihr den unfreiwilligen Passivraucher dabei genauso dem Tod näherbringt wie euch selbst!«

»Zumindest bringt Rauchen vor allem die Menschen um«, sagt Papa und bläst den Rauch zum Abendhimmel hinauf. »Eine Art Eigentor für die Klimasünder.« Als die Schildkröte wieder hustet, dreht er sich zum Aschenbecher um und entdeckt mich. »Ach, hallo Prinzessin!«, ruft er erschrocken aus. Papa drückt das Lungenbrötchen blitzschnell aus. »Entschuldigung, ich weiß gar nicht, wo die Zigarette herkommt. Bist du schon lange da?«

Ich schüttele meinen Kopf eine Spur zu schnell. »Gerade rausgekommen.«

Er lehnt sich zurück und lächelt, irgendwie entspannter als sonst. Sein Blick gleitet über den dunkler werdenden Garten. »Ich spreche mit einer Schildkröte. Meinst du, ich sollte mal zum Psychiater?«

»Wer mit dieser Schildkröte spricht, braucht keinen Psychiater mehr«, versichere ich ihm.

8 Zigarettenmarke eines der größten Tabakkonzerne der Welt. Ihr Name wurde anonymisiert, da sie mitverantwortlich ist für den Tod von über sechs Millionen Menschen pro Jahr durch Rauchen, in Deutschland allein dreihundertfünfzig Tote am Tag.

Kapitel 20

Am späten Freitagnachmittag betrachte ich mich im Spiegel in meinem Zimmer. Schwarzes Shirt, schwarze Boots, schwarze Mütze. Nur meine Latzhose ist dunkelblau. Vielleicht bringt unsere heutige Aktion endlich mal was.

Die Schildkröte wollte jedenfalls unbedingt mit, als ich ihr davon erzählt habe. »Muss ich jetzt in einen schwarzen Sack?«, fragt sie nun und wirft unserem Spiegelbild von der Brusttasche aus einen skeptischen Blick zu.

Ich verdrehe die Augen und stülpe meine selbst gehäkelten Fäustlinge über. Die sind übrigens auch schwarz. Dann öffne ich vorsichtig das Fenster. Die Hitze schlägt mir von draußen ins Gesicht. Ich klettere über das Sims und lande im Beet vor meinem Zimmer. Genauer gesagt, in einem stacheligen Rosenbusch. »Au.« Ich ziehe mir einen kleinen Stachel aus dem Bein. »Wo kommt der denn her?«

»Den hat deine Oma hier gestern gepflanzt«, sagt die Schildkröte laut.

»Psst«, zische ich. »Wir schleichen uns grade aus dem Haus, auf dem Weg, ein Verbrechen zu begehen. Meinst du nicht, du könntest mir da etwas behilflicher sein? Zum Beispiel, indem du mir vorher verrätst, dass ein verdammter Rosenbusch unseren Fluchtweg behindert?«

»›Ärgere dich nicht, dass die Rosen Dornen tragen, sondern freu dich, dass die Dornen Rosen haben‹«, deklamiert die Schildkröte, ohne auch nur ein Dezibel leiser zu sprechen.

Ich sehe sie wütend an.

Sie verdreht die Augen. »Jetzt geh schon los.«

Mein Fahrrad habe ich vorhin auf dem Rückweg von der Schule am Waldrand abgeschlossen, damit niemand sieht, wie ich mich damit davonstehle. Ich rase los. Das Dickicht fliegt nur so an uns vorbei.

»Viel zu schnell«, ruft die Schildkröte. »Viel, viel zu schnell.«

»Dir ist es schon zu schnell, wenn ich spazieren gehe«, antworte ich und lege noch einen Zahn zu. Hinter der Dichtenden Fichte und dem See lichtet sich der Wald, und eine kleine Straße führt zum Rhein hinab. Der breite Fluss funkelt im späten Licht. Eine Fähre schwimmt gerade in der starken Strömung.

Die Schildkröte streckt ihren Kopf weit aus meiner Tasche wie ein Seekranker seinen über die Reling. Grün im Gesicht ist sie ja schon. »Der Rhein«, sagt sie mit etwas Anstrengung, »sah früher ganz anders aus.« Sie schluckt. »Er hatte Hunderte kleiner Ausläufer und riesige Flussschlingen! Wenn die Menschen ihn nicht begradigt hätten, würde er direkt vor deiner Haustür fließen.«

»Warum hat man ihn denn begradigt?«, versuche ich, Interesse zu bekunden. Eigentlich denke ich die ganze Zeit nur an die anstehende Graffitiaktion. In meiner

Magengegend tummelt sich ein ungewohntes Gefühl. Ich weiß immer noch nicht so recht, ob das hier eine gute Idee ist.

Andererseits: Auffallen wird es im Endeffekt eh keinem. Eine Schmiererei mehr an den Wänden, wen interessiert das schon.

»Warum begradigt ihr wohl einen Fluss? Na, damit ihr schneller mit euren Schiffen fahren könnt.«

»Haben wenigstens ein paar Fische überlebt?« Da kommt schon die Auffahrt zum Skatepark, in dem Tim sich mit uns treffen will.

»Ein paar. Und weißt du, was diese Fische im Rhein gemacht haben?«

»Was?«

»Chemie studiert.«

Bis auf eine Gruppe schwarz gekleideter Vorstadtgangster vor einer Halfpipe ist der Skatepark erstaunlich leer. Ich drehe mich schnell um, damit sie mich ja nicht anquatschen.

Zu spät.

»Hey!«, ruft einer.

Ich halte an. Warum halte ich an?

»Blue«, ruft Tim. Ich drehe mich um. Da steht er, inmitten der schwarz gekleideten Meute. Der einzige Farbfleck ist die grün bemalte Unterseite seines Skateboards. Langsam schiebe ich mein Fahrrad in seine Richtung. Während ich näher komme, bemerke ich, dass in den schwarzen Klamotten keine Knastis stecken, sondern Schüler. Ein paar kommen mir vage bekannt vor, aber mit der schwarzen Kriegsbemalung im Gesicht sind sie kaum zu erkennen.

Die Schildkröte schüttelt den Kopf. »Man sieht doch schon aus den Augenwinkeln, dass ihr was Kriminelles vorhabt.«

»Hey!« Tim läuft mir entgegen und wirft einen Arm um mich. »Darf ich vorstellen: Blue Marlin, unser Boss.«

Ich laufe puterrot an. Die Schüler geben mir die Hand. Meine Komplizen heißen offenbar: Angelina, Walter, Jens, Nina, Jens, Mitja, Björn und Florian.

»Ich konnte mit Namen noch nie etwas anfangen«, murmelt das Kriechtier.

Tim zieht eine fette Tube schwarzer Farbe aus seiner Hosentasche und wischt mir mit seinem Daumen zwei dicke schwarze Streifen auf die Wangen. Es fühlt sich komisch an, seine Finger im Gesicht zu haben.

Bevor die Schildkröte protestieren kann, ist ihr Panzer pechschwarz. »Jetzt seid ihr offiziell bereit«, sagt er.

»Okay«, antworte ich nervös, während er in seinem Rucksack kramt. Ich zerre unruhig an meinen schwarzen Fäustlingen.

»Wozu soll diese Kriegsbemalung gut sein?«, raunt die Schildkröte mir zu. »Ich dachte, das wäre ein friedlicher Protest.«

»Sie gibt dir Superkräfte«, antworte ich mit schnell klopfendem Herzen.

»Echt?«

Ich zucke mit den Schultern, als wäre ich ganz locker. Dabei habe ich das Gefühl, dass alle meine Muskeln zum Zerreißen gespannt sind. »*Fake it till you make it.*«

»Jeder, der in den Krieg zieht, braucht eine Waffe.« Tim zieht mit einer feierlichen Geste einen alten Klappspaten aus dem Rucksack hervor. Er klappt ihn auf und reicht ihn mir. »Damit pflanzt du den gesegneten Baum, Blue. Die Schildschüler greifen an.«

Ich spüre einen Schwall Aufregung in mir hochschwappen.

»Von Kriegsführung hat der echt keine Ahnung«, grummelt die Schildkröte.

Die untergehende Sonne wird von den Fenstern über dem Haupteingang reflektiert, als wir an der Schule ankommen. Von wegen Nacht. Für unsere Camouflage hätten sich Karnevalskostüme fast schon besser geeignet als unsere schwarzen Klamotten. Die Fahrräder in allen erdenklichen grellen Farben fallen vor der Schule weniger auf als wir. Selbst Björns Fahrrad, obwohl die daran angeklebten LED-Lichterketten heftig blinken.

Ich lehne mich mit der Schildkröte an die Schulmauer und lausche der heftigen Diskussion, die gerade zwischen den Schildschülern ausgebrochen ist.

»Aber wenn wir schnell abhauen wollen, dann dauert es ewig, bis wir die Fahrräder aufgeschlossen haben«, sagt Jens 1.

»Ja, Alter«, meint Jens 2, »aber dann wird mein Fahrrad geklaut. Das wäre noch schlimmer.«

»Schlimmer als ein Eintrag in der Polizeiakte?«, erkundigt sich Tim.

»Das ist nagelneu. Das hat hydraulische Bremsen und eine Karbongabel!«

Am Ende spalten sich zwei Lager: Die eine Hälfte, darunter ich, schließt ihre Fahrräder gut sichtbar direkt vor der Schule ab. Alle anderen stellen ihre Fahrräder ins Gebüsch. Dabei veranstalten sie einen Höllenlärm, der den Hausmeister sogar aufschrecken lassen würde, wenn er am anderen Ende der Stadt schliefe. Aber offensichtlich schaut er gerade Fußball oder so was.

Danach schlendern wir total cool alle nebeneinanderher zu dem Zaun, der den Sportplatz, die karge Wiese und die Turnhalle umgibt. Ich komme mir vor wie im Film. Fehlt nur noch der Zeitlupenmodus. Beziehungsweise Schildkrötenmodus.

»Wie kommen wir auf die andere Seite?« Ninas Frage durchbricht die filmische Atmosphäre.

»Na drüberklettern«, antwortet Tim.

Mit Räuberleitern und lautem Gestöhne sind wir bald alle auf der anderen Seite. Als Tim grade oben auf dem Zaun sitzt, kommt ein Spaziergänger vorbei. Sein irritierter Blick trifft uns. Sein riesiger Hund knurrt uns an, Sabber tritt zwischen seinen Zähnen hervor.

»Oh, oh«, murmelt die Schildkröte, »so blutrünstige Fantasien habe ich das letzte Mal bei einem Krokodil gehört.«

»Hi, Ivar!«, grüßt Tim den Mann.

Ich schlage mir mental gegen die Stirn.

»Tim, Junge, lange nicht gesehen. Wie geht's den Eltern?«

»Alles cool so weit. Bar läuft gut. Wie geht's Nadine und den Kindern?«

»Alles bestens«, antwortet Ivar.

»Du, ich muss los«, sagt Tim und deutet auf uns. »Mache noch was mit der Schüler-AG. Man sieht sich!«

Ivar winkt fröhlich, und sein Hund knurrt uns an.

»Nein, du wirst unsere Pobacken nicht abbeißen, Hündchen«, meint die Schildkröte, als die beiden davonspazieren.

Florian schaut skeptisch zu Tim hinüber. »Was soll das denn? Wir machen hier was Kriminelles, und du plauderst mit potenziellen Zeugen?«

Tim kommt endlich vom Zaun herunter. »Der hat nix gemerkt. Sind alle da?«

»Ja«, schallt es aus aller Munde.

»Was ist mit den Cans?«, frage ich und deute auf die große Tasche mit den Spraydosen auf der anderen Seite des Zauns.

»Oh«, meint Walter. Mit großem Gepolter klettert die Hälfte meiner Komplizen wieder zurück über den Zaun.

»Wir haben übrigens extra die umweltfreundlichere

Farbe gekauft«, raunt Tim mir ins Ohr, der mit verschränkten Armen neben mir steht. »Ohne diese giftigen Treibgase und so.«

Die Metalldosen im Inneren der Tasche scheppern durch die halbe Siedlung, als sie Angelina aus der Hand rutscht. Ein paar Vögel flattern auf.

Alle fangen an, sich lauthals darüber aufzuregen, warum das jetzt so laut sein musste.

Ich verdrehe die Augen.

Tim zieht mich an einem Träger meiner Latzhose in ein Gebüsch, das am Rande der vertrockneten Wiese wächst.

»Hier ist unser Baum«, flüstert er in mein Ohr und deutet auf einen Baum in einem Plastikcontainer, den er hier mehr oder weniger gut versteckt hat. Das Teil ist ungefähr so hoch wie ich.

Als ich Tim in die Augen schaue, nickt er mir entschlossen zu. Dann geht er zurück zu den anderen, die vor der dreckigen Rückwand des Schulgebäudes Leitern aufbauen, die sie schon vorher hier versteckt haben.

»Warum haben wir die eigentlich nicht benutzt, um über den Zaun zu kommen?«, fragt ein Jens.

Während die anderen die Sprühdosen auspacken, schleppe ich den Baum zur verdorrten Wiese. »Wusstest du«, frage ich die Schildkröte, als ich mir eine Verschnaufpause gönne, »dass Bäume schwer sind?« Nach den letzten Metern zu Tims Kreuzmarkierung setze ich mich erst einmal hin. Inmitten der trockenen Wiese beobachte ich, wie die Sonne hinter der nächsten Wohnsiedlung untergeht.

»Björn, wo sind denn die Atemschutzmasken?«, fragt Tim, als ich zum ersten Mal den Klappspaten in die Erde steche.

»Welche Atemschutzmasken?«, fragt Björn.

»Hat jemand Handschuhe?«, fragt Nina.

Nach ein bisschen Herumgesuche stellt sich heraus, dass niemand sich dafür verantwortlich gefühlt hat, Handschuhe mitzubringen.

Wenigstens hat Tim an die Magneten gedacht, die man offenbar nach dem Schütteln unten an die Dosen drückt, damit die Metallkügelchen im Inneren nicht so klirren.

»Menschen.« Die Schildkröte schüttelt den Kopf, als das Loch in der Erde so tief ist wie meine Hand. »Diskutieren nur, machen nichts.«

»Ey.« Mir fliegt ein Krümelchen Erde ins Gesicht. »Ich bin auch ein Mensch.«

Endlich hört man das leise Zischen der Sprühdosen. Auf der grauen Wand entstehen die Firstlines und eine grüne Grundierung. Der chemische Geruch nach Aerosolen füllt die Luft.

Auf einmal brüllt ein Handy »Hurra, die Welt geht unter« von K.I.Z.

»Was ist das denn wieder für eine Scheißmucke?«, fragt mich die Schildkröte.

»Alter«, ruft Jens 1 in einer Lautstärke, die die Musik bei Weitem übertönt, »mach die Musik leise.«

»Oh«, antwortet Jens 2. »Ich dachte, ich hätte die Kopfhörer drin.«

Auf der Straße nähert sich das ohrenbetäubende Geplärre von Polizeisirenen.

»Verstecken!«, ruft Tim, als das Blaulicht durch die Dämmerung schimmert.

Mir bleibt nichts anderes übrig, als mich hinter dem besendünnen Baum auf die Erde zu werfen. Die anderen kauern vor der Wand.

»Scheibenkleister«, zische ich mit dem Gesicht auf dem Boden.

Die Schildkröte zwängt sich aus meiner Tasche.

Das Polizeiauto kommt näher. Mein Herz klopft mir bis zum Hals. Der Klang der Sirenen durchdringt meinen ganzen Körper. Meine Nackenhärchen stellen sich auf. Soll ich jetzt weglaufen?

Als ich aufschaue, biegt der Wagen gerade in die nächste Straße ab.

»Das war knapp«, flüstert die Schildkröte.

Während sich die Nacht über die Welt legt, sagt keiner mehr ein Sterbenswörtchen. Die Straßenlaternen bieten gerade genug Licht für unsere Mission.

Nach dem Blick in den Abgrund sind wir plötzlich ein perfekt eingespieltes Team. Niemand redet. Die Flaschen zischen, Farbe nimmt Form an, und auf den Formen tanzen die Highlights. Es riecht nach Dunkelheit und Abenteuer. Mit jedem Spatenstich fällt Spannung von mir ab und wird ersetzt von einer waghalsigen Freude.

Als das Loch tief genug ist, helfen mir Mitja und Nina, den Baum aus seinem Topf ins Loch zu hieven. Alles läuft glatt. Der Baum steht allerdings alles andere als grade.

»In der Natur ist nichts perfekt«, meint die Schildkröte dazu. »Die Bäume wachsen alle schief.«

Ich sehe zu Tims Graffiti auf.

Mir stockt der Atem.

In der Nacht leuchtet das Grün des Regenwaldes in fluoreszierenden Farben. Die Wasserblase um die Meeresschildkröte herum strahlt, als hätten sich Tausende Glühwürmchen dort niedergelassen. Das Feuer, das den Regenwald zerfrisst, brennt lichterloh, zu schön in seinem zerstörenden Anblick.

»Wow«, flüstern ich und die Schildkröte gleichzeitig.

Eine Weile stehen wir einfach nur da und lassen die Kunst auf uns einwirken.

Ich spüre das Reptil in meiner Brusttasche. Es schmiegt sich mit seinem runzeligen Kopf an mich. »Marlin«, sagt es langsam und sehr leise. »Danke, dass du mich bei dir aufgenommen und so gerettet hast.«

Ich muss lächeln und nehme die Schildkröte auf meine Hand. In der Finsternis kann ich sie kaum erkennen. »Wir retten auch deine Natur.«

Ihre schwarzen Augen glänzen im schwachen Mondlicht. »Es ist unsere Natur«, flüstert sie zurück.

Vorsichtig streiche ich über ihren geschwärzten Panzer. Sie drückt ihre Stirn gegen meinen Handballen und schließt die Augen.

Mich durchströmt ein Gefühl, das ich nur schwer beschreiben kann, aber es füllt die Lücke in mir.

Behutsam stecke ich das Schuppentier zurück in meine Brusttasche. Schnell ziehe ich mein Handy hervor und mache ein Foto von dem Kunstwerk, während meine Mitschüler die Cans abwischen.

Ich fühle mich federleicht, als ich zu den anderen laufe, die schon über den Zaun klettern.

Als ich wieder Boden unter den Füßen fühle, rennen die anderen davon. Zu spät bemerke ich das flackernde Licht, das einen blauen Schein auf unsere Schule wirft.

Kapitel 21

»Dein Vater ist jetzt auf dem Weg hierher«, erklärt die Polizistin mit den blond gefärbten Haaren, als sie ihr Telefon in die Halterung auf ihrem Schreibtisch zurücklegt.

»Vielen Dank.« Mein Mund ist so trocken wie die Sahara. *Erwischt*, ist das Wort, das schon die ganze Zeit durch meinen Kopf kreist. *Erwischt, erwischt, erwischt.*

Wenigstens konnten die anderen entkommen. Aber – niemand ist für die Schildkröte und mich zurückgekommen.

Die Polizistin bringt mich in einen abgeschlossenen Wartebereich des Polizeireviers, in dem lauter Menschen, vermutlich Verbrecher, herumsitzen. Durch eine Plexiglasscheibe kann ich in die Büros der Polizisten schauen.

Ich lasse mich in den nächstbesten freien Stuhl plumpsen, der wie die anderen Stühle fest im Boden verankert ist. Ich weiche dem bösen Blick aus, den mir ein gigantischer Muskelprotz zuwirft. Sein Kopf ist kahl rasiert, seine nackten Arme sind von Tattoos bedeckt.

Ich versuche, möglichst leise zu atmen, um keine Aufmerksamkeit auf mich zu ziehen. Leider zittert mein ganzer Körper unkontrolliert.

Das Reptil beäugt misstrauisch die Netzstrumpfhose der Frau in Pumps und Minirock, die neben uns sitzt. »Was nützt es eigentlich, wenn deine Hose aus mehr Löchern als Stoff besteht?«, fragt das Reptil in einem freundlichen Ton.

Die Frau schnipst mit ihren langen Fingernägeln. »Männer finden das toll, Schätzchen!«, antwortet sie mit tiefer Stimme.

»Das Balzverhalten der Menschen ist mir ein Rätsel«, sagt die Schildkröte mehr zu sich selbst. »Malst du deshalb auch dein Gesicht so bunt an? Du siehst aus wie ein Papagei.«

Ich atme flach ein. *Bitte sei still!,* flehe ich in Gedanken.

»Ich finde das toll, und meine Freunde feiern meinen Style! Ich habe Tausende Follower!« Die Schönheit wirft ihre langen, voluminösen Haare zurück.

»Das klingt für mich nach Verstecken, wer man wirklich ist«, sagt die Schildkröte.

»Genau das ist das Ziel«, murmele ich ihr hinter vorgehaltener Hand zu. »Jeder will besser, schöner und besonderer sein.«

»Was soll ich sagen?« Die Schildkröte schaut auf ihren schwarz gestrichenen Panzer und dann wieder zu mir. »Ich sehe immer so aus wie ich. Na ja, außer jetzt gerade, mit der Tarnfarbe, die offensichtlich nicht tarnt. Aber sonst sehe ich immer so aus wie ich. Keine Chance, mich zu verstecken. Ich kann nur den Kopf einziehen.«

»Da hast du Glück, Süße«, erwidert die Schönheit.

»Wusstest du, dass dein Make-up an Tieren getestet wurde? Dass deine Wimperntusche einem Albinohasen in die Augen gespritzt wurde, um zu sehen, ob er davon erblindet?«

Am liebsten würde ich ihren Kopf ins Gehäuse schieben, damit sie Ruhe gibt. Bloß weiß ich zu gut, dass es das Gegenteil bewirken würde.

»Echt?« Die Schönheit öffnet erschrocken ihren knallroten Mund.

»Das kann nicht stimmen.« Ein Mann mir gegenüber mischt sich ein. Er sieht normal aus. Gruselig normal. Vermutlich ist er der Mörder hier im Raum.

Ein eiskalter Schauer läuft meinen Rücken hinab. Ich hafte meinen Blick an das einzige Vertraute in diesem Gebäude: die Schildkröte.

»Das ist in Europa komplett verboten«, fährt er fort. »Auch der Import von Kosmetik, die an Tieren getestet wurde.«

»Da gibt es jede Menge Gesetzeslücken«, sagt die Schildkröte unbestimmt. »Auf jeden Fall ist im Make-up Palmöl, und das ist schlecht für die Umwelt.«

Woher nimmt sie bloß dieses grenzlose Selbstbewusstsein? Sie benutzt nicht einmal Make-up. Mir wird schlagartig wieder die schwarze Farbe in meinem Gesicht bewusst. Sie juckt unangenehm auf meinen Wangen.

»Wie schrecklich!«, sagt die Schönheit. »Wieso denn?«

»Für die Palmenplantagen wird jede Menge Regenwald abgeholzt. Vielleicht überdenkst du noch mal ...«

Der Riesenkerl mit dem grimmigen Gesicht steht plötzlich auf. Ich halte die Luft an, als er auf uns zukommt. Er bleibt so nah vor uns stehen, dass ich den Totenkopf auf seiner Gürtelschnalle erkennen kann. Die gruseligen Tattoos auf seinen Armen scheinen zum Leben zu erwachen. Er starrt auf das Reptil hinab. »Ist das eine Schildkröte?«, grunzt er.

»Wie sie leibt und lebt«, trällert die Schildkröte. Dann begegnet sie seinem bösen Blick. »Und was bist du? Ein Dinosaurier?«

Ich wundere mich, dass meine Schnappatmung noch nicht eingesetzt hat.

Der Muskelmann gibt etwas von sich, was an ein Donnergrollen erinnert. »Ich mag Schildkröten.«

»Das sieht man«, sagt die Schildkröte und deutet mit ihrem Kopf auf seine Glatze.

Wieder das Donnergrollen. »Hast du auch einen Namen?«

»Nein«, sagt die Schildkröte. »Das ist nur was für Menschen. Ich bin eine Schildkröte. Und damit basta. Übrigens: Hast du deine Arme etwa mit Filzstiften bemalt? Das machen doch nur Kinder.«

Schweiß rinnt an meiner Stirn hinab.

Der Schrank schaut auf seine Arme hinab, die mit Tattoos bedeckt sind. »Ne, das ist für länger.«

»Mit wasserfesten Filzstiften?«

»Nein, dafür wird Tinte unter die Haut gespritzt. Mit Nadeln. Das nennt man Tattoo.«

»Ach was! Tut das nicht weh?«

»Nö«, sagt er. »Pikst nur ein bisschen.«

»Das tut total weh«, versichert uns die Schönheit. »Ich habe unter dem Bauchnabel ein kleines Herzchen. Soll ich euch das Mal zeigen?«

»Nein danke«, antworten wir im Chor.

Die Schildkröte kneift die Augen zusammen. »Und warum willst du, dass diese hässlichen Totenschädel für immer auf deiner Haut sind?«

»Mein Körper ist ein Tempel«, schwärmt der Muskelmann. »So kann ich seine Wände schmücken.«

»Und warum Totenschädel? Schildkröten sind doch viel schöner.«

»Ansichtssache«, brummt er.

»Warum guckst du eigentlich alle hier so böse an?«, erkundigt sich die Schildkröte weiter.

»Ich gucke gar nicht böse. Das ist nur mein Gesicht.« Er kniet sich hin, wodurch er ungefähr immer noch so groß ist wie ich. Dann streckt er seinen Finger nach der Schildkröte aus. Locker könnte er damit ihren Panzer knacken.

Ich bin zu gelähmt, um die Schildkröte an mich zu reißen.

Er streicht zärtlich über ihr Köpfchen.

»Oh«, sagt die Schildkröte. »O ja, genau da, da komme ich nie dran. Mmh.«

»Warum seid ihr eigentlich hier?«, fragt er.

Die Schildkröte holt tief Luft. »Wir sind losgezogen in tiefster Nacht, um die Welt zu einem besseren Ort zu machen.« Kunstpause. »Überall werden in dreister Gier ganze Wälder abgebrannt. Der giftige Rauch der Flammen steigt in den Himmel empor.«

Kurz herrscht Stille im Raum.

»O nein!«, ruft die Schönheit dann.

»Milliarden werden ihrer Heimat, ihrer Familie und ihres Lebens beraubt! O ja, verehrtes Publikum, die Erde ist dem Tode nah. Wir machten uns also auf, um einen Hoffnungsschimmer zu entfachen. Die Umwelt muss gerettet werden!«

Die Schönheit sieht mit einem beinahe ehrfürchtigen Gesichtsausdruck zur Schildkröte hinab.

Zugegebenermaßen, ich bewundere die Macht, die in den Worten des Reptils steckt. »Wir haben Graffiti gesprüht«, übersetze ich für alle Anwesenden. »Und einen Baum gepflanzt.«

»Wie süß«, knurrt der Riese, »da braucht ihr euch überhaupt keine Sorgen zu machen. In deinem Alter habe ich das auch oft gemacht.«

»Bäume gepflanzt?«, erkundigt sich die Schildkröte hoffnungsvoll.

»Wände beschmiert.« Er wendet sich an mich. »Hör mal, Kleine, da brauchst du auch deine Kumpels nicht verpfeifen. Das Schlimmste, was dir passieren kann, ist, dass sie dir ein paar Sozialstunden aufbrummen.«

Irgendwie erleichtern mich die Worte von dem Kerl ein wenig. Trotzdem sitzt noch ein richtig dicker Kloß in meinem Hals.

»Kann ich das Graffiti mal sehen?«, fragt die Schönheit.

Nach kurzem Zögern ziehe ich mein Handy heraus und zeige ihr das Bild. »Wow, das ist ja ein richtiges Kunstwerk!« Sie kichert und streicht sich eine Haarsträhne hinters Ohr. »Viel zu schade, um es wegzumachen. Weißt du was, ich kenne jemanden vom Christopher Street Day, der arbeitet für die Zeitung. Ich muss ihm unbedingt sagen, dass er ein Foto davon machen soll. Kannst du mir das Bild mal schicken?«

»Na gut«, murmele ich.

»Meine Güte, wie tapfer ihr seid, dass ihr euch so für die Umwelt einsetzt«, sagt sie, als ihr Handy pingt.

»Wir nennen uns die Schildschüler«, sagt die Schildkröte mit stolzgeschwellter Brust.

Die Tür wird aufgeschlossen, und die Polizistin kommt in den Raum.

»Hey, Frau Wachtmeisterin!«, ruft die Schildkröte ihr zu.

Die Polizistin lächelt zu mir herüber, als hätte ich ihr gerade einen Blumenstrauß geschenkt. »Ja, bitte?«

»Wie meldet man eigentlich eine Demo an?«, fragt das Reptil.

Die Frau kommt auf uns zu.

»Versteck dich«, flüstert der Muskelmann. »Tiere kommen in den Zwinger! Da sind auch schon meine Hunde gelandet!«

Die Schildkröte zieht Kopf und Beine so schnell ein, dass ihr Panzer einen kleinen Hopser in meiner Brusttasche macht.

Die Polizistin setzt sich neben mich. »Hier in Deutschland hat jeder das Recht auf freie Meinungsäußerung – friedlich natürlich. Wenn du also eine Demonstration veranstalten möchtest, musst du das bei der Kreispolizeibehörde anmelden, in deren Bezirk die Demonstration stattfinden soll.«

Ich runzle meine Stirn.

»Oder«, sagt sie, »wenn du spontan eine Demonstration machen möchtest, dann kann ich dir gleich meine Karte geben. Dann kannst du mich anrufen, und ich helfe dir.«

Ich staune. »Aber was machen Sie, wenn Sie auf einer Demo die Leute zurückhalten müssen, auch wenn Sie lieber mitlaufen würden?«

Sie zuckt mit den Schultern. »Das ist mein Job.«

Die Schildkröte schweigt in ihrem Gehäuse.

»Schauen Sie sich mal dieses tolle Kunstwerk an!«, ruft die Schönheit dazwischen und hält ihr das Handy hin. »Muss dieses Bild wirklich entfernt werden? Das ist so hübsch und wurde doch nur von Jugendlichen gemalt. Es steht für die Rettung der Erde!«

»Das ist wirklich schön.« Die Polizistin sieht sich das Bild an und zuckt mit den Schultern. »Es kommt leider immer darauf an, was der Gebäudebesitzer sagt.«

»Es ist so hübsch, da kann doch niemand Nein zu sagen«, brummt der Muskelmann. »Sonst kriegt er es mit mir zu tun.«

»Ganz ruhig, mein Lieber«, sagt die Polizistin. Ich habe das Gefühl, dass der Riese schon öfter hier war. Sie steht auf und lächelt mich an. »Dein Vater ist jetzt da.«

Mein Magen dreht sich um. Gleichzeitig fällt mir ein

Stein vom Herzen, weil ich endlich hier rauskann. Wackelig stehe ich auf und folge ihr mit hängendem Kopf.

»Viel Glück, ihr Süßen.« Die Schönheit wedelt mit ihren glitzernden Fingernägeln, als ich zu ihr zurückschaue.

»Bleib grün, Schildkröte«, grunzt der Riese, dann fällt die Tür endlich hinter uns ins Schloss.

»Marlin.« Papa hüllt mich in eine feste, lange Umarmung.

Sie zu erwidern fühlt sich falsch an. Vorsichtig löse ich mich von ihm. »Alles okay, Papa. Ich bin nicht verletzt oder so«, sage ich, während er mein Gesicht und meine Arme nach Schrammen und Schürfwunden absucht und prüft, ob irgendwo vielleicht ein Messer in meinem Körper steckt.

»Gott sei Dank geht es dir gut!« Aus seiner Stimme höre ich heraus, dass er völlig fertig ist. Unvorstellbar, wie viele Sorgen er sich gemacht haben muss.

Mir ist speiübel. Ich schaue betreten durch die Plexiglasscheibe zurück in den Raum. Die Schönheit und der Muskelmann winken mir fröhlich zu. Ich hebe meine Hand halb.

Mein Vater schaut entgeistert in die Richtung. »Kennst du die etwa?«

Ich schüttele energisch den Kopf.

»Bitte folgen Sie mir, Herr Dr. Manno«, sagt die Polizistin. In meiner Brust ist es so eng, dass ich dem Gespräch nicht richtig folgen kann. Das Einzige, was bei mir ankommt, sind zwei Sätze der Polizistin: »Ihre Tochter ist bei uns bisher noch nicht in Erscheinung getreten. Trotzdem werden Sie sicherlich von der Staatsanwaltschaft Post bekommen.«

Kapitel 22

Die ganze Fahrt über sagt Papa kein einziges Wort. Sein großes weißes Auto gleitet wie ein Gespenst durch die Dunkelheit. Ich beobachte die Lichtkegel der Straßenlaternen, die über Papas Gesicht fahren und seine tiefen Augenringe hervorheben.

»Es tut mir leid.« Meine Stimme klingt hohl.

Papa hält vor meiner Schule an. Zuerst denke ich, er möchte sich das Kunstwerk anschauen, aber stattdessen dreht er nur mein Nummernschloss auf und packt mein Fahrrad hinten ins Auto.

Die Schildkröte ist in ihrem Panzer eingeschlafen und blubbert wie Sprudelwasser. Ich nehme an, das ist ihr Schnarchen.

Mein Vater setzt sich wieder hinter das Lenkrad, zieht die Tür zu und fährt weiter. Bei Nacht ist unser Wald, neben dem eine Straße entlangführt, kaum zu erkennen. Das Auto biegt in unseren Weg ab und fährt die Einfahrt zu unserem Haus hoch. Papa dreht den Schlüssel um, der Motor verstummt.

Stille.

Ich höre mein eigenes Blut in den Ohren rauschen.

Papa starrt vor sich hin. Im Mondlicht sieht er aschfahl aus. Als er mich ansieht, weiche ich seinem Blick aus. Er fragt: »Wie dumm bist du eigentlich?«

»Offenbar dümmer, als die Polizei erlaubt«, flüstere ich kaum hörbar. Ich fühle mich so schuldig, dass ich freiwillig in eine Zelle gehen würde.

»Warum machst du so was? Warum …« Er stockt einen Moment. »Was habe ich nur falsch gemacht? Bin ich wirklich so ein schlechter Vater?«, fragt er. »Was kommt als Nächstes? Fackelt ihr die Schule ab?«

»Wir haben doch nix kaputt gemacht«, sage ich halbherzig. »Nur das Gebäude verschönert und einen Baum gepflanzt.«

»Warum hast du dich dann dabei erwischen lassen?«, fragt Papa. »Und warum sind die anderen nicht erwischt worden?«

»Sie sind weggerannt.«

»Aber warum bist du denn nicht weggerannt?«

»Wollte ich ja, aber ich war halt zu langsam.« Als er mich anfunkelt, füge ich schnell hinzu: »Wir wollten nur ein Zeichen für unseren Planeten setzen.«

»Das ist jetzt vorbei.« Er schnallt sich ab. »Kein Umweltretten mehr. Ich hatte gehofft, dass du schon zu alt dafür bist, aber ab jetzt gibt es Hausarrest. Und zwar für euch beide.«

Die Schildkröte blinzelt. »Ich bin doch nicht Ihr Kind, Doc. Das können Sie gar nicht bestimmen.«

»Mein Haus.« Papa öffnet die Fahrertür. »Meine Regeln.« Er mustert uns und schüttelt den Kopf. »Geht euch diesen Dreck abwaschen.«

Ich schlurfe hinter ihm ins Haus. Das letzte Mal hatte ich Hausarrest mit zehn oder so, und das für ungefähr zwei Stunden. Papa scheint es wirklich ernst zu meinen.

Ich beschließe, ihm nicht zu widersprechen, bevor er sich richtige Strafen überlegt. Ich bin sowieso hundemüde.

Im Badezimmer reibe ich mir mit einem Waschlappen die Wangen wund, da die Farbe so schlecht abgeht. Ich schrubbe der Schildkröte mit einer alten Zahnbürste und Himbeershampoo den Panzer sauber.

»Warum bist du eigentlich nicht weggerannt, als die Polizei kam?«, fragt die Schildkröte.

Ich wische das letzte bisschen Farbe von ihrem Panzer. »Du hättest ja auch rennen können.«

Sie sieht mich böse an. »Ich bin eine Schildkröte. Tut mir leid, dass ich langsam geboren wurde.«

Ich trage sie in mein Zimmer und öffne das Fenster, um die schwüle Luft im Inneren loszuwerden. Dann setze ich die Schildkröte auf der Fensterbank ab. »Ich konnte einfach nicht.«

»Unsinn. Klar konntest du!«

»Manchmal kann man einfach nicht.«

»Schwachsinn.«

»Schwachsinn?« Ich stoße ein ironisches Lachen aus. »Warum hast du dann deinen Brief an Shelly nicht abgeschickt, hm?«

Die Schildkröte funkelt mich aus ihren tiefschwarzen Augen an. Langsam, Wort für Wort, sagt sie: »Halt Shelly da raus.«

»Die Schildkröte gehört ins Baumhaus«, höre ich Papa aus dem Flur rufen.

Das Letzte, was ich von der Schildkröte am heutigen Abend sehe, ist ein enttäuschter Blick. Er versetzt mir einen Stich in den Bauch.

Ich spüre Tränen in meine Augen schießen. Schnell schlüpfe ich in mein Nachthemd und rolle mich unter der Bettdecke zusammen. Langsam lasse ich meinen Tränen freien Lauf. Ich heule so richtig drauflos.

Hätte ich doch jemanden, dem ich erzählen kann, wie toll das eigentlich ist, was wir heute geschafft haben. Ein Zeichen zu setzen. Aber die Einzige, der ich davon erzählen könnte, ist die Schildkröte. Selbst Tim ist einfach abgehauen, als die Polizei kam, und hat mich nicht einmal angerufen oder mir geschrieben.

Ich schaue aus dem Fenster, das Licht im Baumhaus ist schon aus. Ich kuschele mich ganz eng an mein Kissen. Jetzt hätte ich gerne eine Mama. Keine Mama, die für Ärzte ohne Grenzen weggeht und dann nicht mehr wiederkommt. Sondern eine, die mich in den Arm nimmt und mir zuhört.

Plötzlich bemerke ich den Lichtschein, der aus dem Flur hereinfällt. Oma steht in der Tür, in ihrem kunterbunten Nachthemd und mit einem kleinen Tablett in der Hand.

Ich knipse meine Nachttischlampe an. Oma kommt herein und stellt das Tablett mit einer dampfenden Tasse Tee ab – es ist meine Lieblingstasse mit dem blauen Chamäleon.

Ich schmiege mich in ihre Arme. Wieder laufen Tränen aus meinen Augen. Oma erwidert die Umarmung geduldig, so lange, bis ich mich von ihr löse.

Der Tee ist zu heiß und süß, genau so, wie ich ihn jetzt brauche.

Ein Klingelton durchdringt das Land meiner Träume. Die blendende Sonne hindert mich an meinem Versuch, die Augen zu öffnen. »Geh weg, Schildi«, nuschele ich.

Das Handy wird lauter.

»Uff.« Ich taste nach meinem Handy auf dem Nachttisch und hebe es an mein Ohr. »Baumschule Manno, hier spricht der Waldschrat«, melde ich mich, nur halb wach.

»Hey, was geht?«, grüßt mich Tim. »Kannst du eben zu mir kommen?«

»Habe Hausarrest.« Ich gähne in den Hörer. »Für den Rest meines Lebens.« Nach einem kurzen Blick auf den Wecker füge ich hinzu: »Es ist elf Uhr früh und Wochenende, du Pappnase.«

»Wir sind beliebt«, raunt er.

Ich ziehe meine Decke über den Kopf.

»Ohne Witz, Blue. Geh mal eben auf DuTube.«

Ich stöhne, klettere aus meinem Bett und schlurfe zu meinem Laptop. Der Schildschüleraccount hat ein neues Video hochgeladen. Jemand hat unsere Sprayaktion gefilmt, aber ich bin anscheinend die einzige Person, die man in diesem Video gut erkennt.

Marlin, wie sie über den Zaun klettert.

Marlin, wie sie den Baum pflanzt.

Marlin, wie sie mit der Schildkröte das Graffiti bewundert.

Marlin, wie sie im flackernden Blaulicht steht.

Marlin, wie sie von den Polizisten ergriffen und in den Streifenwagen gesteckt wird.

»Wir haben schon über zehntausend Klicks!«, ruft Tim so laut in mein Ohr, dass ich das Handy ein Stück weiter weghalte. »Das wird so cool«, fährt er fort, als ich nichts sage. »Jetzt können wir was richtig, richtig Großes planen.«

»Hör mal zu, Tim. Ihr habt mich einfach alleingelassen!«

»Du bist jetzt das Symbol unserer Sache, Blue. Alles wird gut, warte ab. Wir stehen alle hinter dir.«

»Ihr hättet mich wenigstens vorher fragen können!«

»Sorry, lass uns das später klären«, sagt er. »Muss auflegen.«

»Nein, du hörst mir jetzt zu! Ihr habt mich einfach ...«

Es piept, und er ist weg.

Wütend schmettere ich das Smartphone auf mein Bett.

Ein paar Sekunden später klingelt es wieder. Ich sammele mich kurz, atme tief ein und gehe wieder dran. »Atomkraftwerk Manno, ja, die Wolke ist normal.«

Jemand kichert. »Hallo Marlin«, grüßt eine warme Frauenstimme.

»Frau Rose?« Ich schaue verdattert meinen Globus an. »Äh, hallo. Was treibt Sie an mein Ohr?«

»Ich habe deine Nummer von der Namensliste der AG. Ich hoffe, das war in Ordnung.«

»So schlimm?«

»Ich würde gerne mit dir und der Schildkröte sprechen.«

»Die hat Hausarrest und kann grad nicht rauskommen.« Ich habe keine Lust, extra in den Garten zu laufen und ins Baumhaus zu klettern.

»Kein Problem. Was ihr gestern getan habt, das war ziemlich grenzwertig. Als deine Lehrerin muss ich dich bitten, das nicht wieder zu tun.« Ein glockenhelles Kichern ertönt. »Aber als stolzes Mitglied der Schildschüler muss ich sagen: Das war total mutig von euch!«

»Wohl eher strohdoof«, murmele ich.

»Ich wurde heute von zahlreichen Schülern und Schülerinnen angeschrieben, die mich gefragt haben, ob sie der AG beitreten dürfen.«

»Wunderbar.« Ich unterdrücke ein Gähnen.

»Dann können wir sogar eine Straßensperre machen!« Die Begeisterung in ihrer Stimme steckt mich kein bisschen an. »Wollen wir uns nicht mal mit Tim zusammensetzen und die nächste Aktion gemeinsam planen? Mit so vielen Schülern haben wir sehr viele neue Möglichkeiten.«

»Danke«, sage ich. »Sie können das gerne machen. Aber ohne mich.«

»Oh, wieso denn? Ich kann gerne mal mit deinen Eltern reden, wenn ...«

»Ich habe keine Eltern. Nur einen enttäuschten Vater«, unterbreche ich sie. »Mit Tim und der AG will ich auch nichts mehr zu tun haben. Die haben mich nämlich einfach sitzen lassen. Ich steige aus. Mir reicht's. Ich wünsche Ihnen noch ein schönes Wochenende, Frau Rose.« Ich drücke auf den roten Hörer und starre vor mich hin. Die Sonne strahlt draußen so eifrig, als versuche sie, meine Stimmung aufzuhellen.

Keine Chance.

Nach einer Weile öffne ich das Fenster und greife nach dem Becher vom Schnurtelefon, das ich mal gebastelt habe. Der Faden hat eine direkte Verbindung zum Baumhaus.

»Schildkröte?«, spreche ich hinein. »Hallo?« Keine Antwort. »Frau Rose hat angerufen.« Eine Minute vergeht, aber das Tier antwortet nicht.

Eine tiefe Angst überfällt mich. Ist die Schildkröte überhaupt noch da? Hoffentlich hat sie sich nicht in der Nacht davongemacht!

Noch im Nachthemd klettere ich aus dem Fenster. Mein nackter Fuß tritt mal wieder in den Dornenbusch. »Au!«, fluche ich leise. Dann renne ich, so schnell ich kann, zum Baumhaus und laufe die Stufen hinauf. Die Klappe fliegt auf, und ich platze ins Innere.

Ich sehe den Panzer vor dem Fenster. Puh. Da ist sie ja. »Hey Schildi.« Ich klopfe einmal. »Bist du da drin, oder bist du duschen? Ich dachte schon, du bist weg.«

Der Kopf des Reptils schaut unter seinem Schild hervor und sieht nachdenklich zum Wald hinunter. »Ich gehe nirgendwo mehr hin, ohne mich zu verabschieden.« Ihre Stimme klingt, als wäre sie nicht ganz hier. Als sie ihren Kopf zu mir dreht, versetzt mir das einen Stich ins Herz. Ihr Blick ist so tieftraurig, dass ich erkennen kann, dass sie fast ein Jahrtausend auf dem Buckel hat. »Viel zu oft habe ich das in meinem Leben schon gemacht.«

Ich hocke mich neben sie. »Hast du Shelly nicht Tschüss gesagt?«

Sie schüttelt den Kopf. »Ich vermisse sie«, sagt sie dann, als ich es mir neben ihr bequem mache. »Ich vermisse sie mit jeder Faser meines Körpers.«

»Wer ist Shelly eigentlich?«

»Shelly ist die schönste, weiseste, reinste Schildkröte der Zeitgeschichte dieser Erde.«

»Du liebst sie.«

Die Schildkröte seufzt. »Und wie.«

»Das ist eine gute Sache«, sage ich, »jemanden zu lieben. Weiß sie das auch?«

Das Reptil schaut wieder zum Wald hinüber. »Nein. So ist es besser. Denn sie wird meine Gefühle niemals erwidern.«

»Warum denn nicht?«

»Sie ist eine Galapagos-Riesenschildkröte.«

»Na und?«

»Weißt du, wie riesig Galapagos-Riesenschildkröten sind?«

»Liebe ist Liebe«, sage ich und streiche ihr über den Panzer. »Es gibt sie in allen Formen. Und in allen Größen. Ich habe dich doch auch lieb, obwohl du so klein bist.«

Die Schildkröte grunzt. »Du verstehst das nicht.«

»O doch, das verstehe ich!«, rufe ich. »Außerdem sagst du selbst immer, dass Größe keine Rolle spielt. Dass zum Beispiel ein kleiner Mensch wie ich viel erreichen kann.«

»Das sage ich ja nur, damit wir uns mutiger fühlen.«

»Das glaube ich dir nicht!« Ich springe auf. »Komm, wir schicken den Brief an Shelly ab.«

»Was? Den Brief? Nein!«

Ich stemme meine Arme in die Hüfte. »Was hast du denn zu verlieren? Shelly weiß doch gar nicht, dass du an sie denkst. Vielleicht denkt sie die ganze Zeit an dich!«

»Manchmal ist es einfacher, von etwas zu träumen, was man in Wahrheit nie haben kann«, seufzt die Schildkröte.

Ich verdrehe die Augen. »Hast du jetzt genug gejammert? Ich kenn dich schon eine ganze Weile, und für so ein kleines Tier hast du einen ziemlich großen Verstand. Du rechnest schneller als mein Taschenrechner. Du diskutierst mit Knastis, die nur ihren Finger krümmen müssten, um dich zu knacken. Du hast die Schildschüler gegründet. Und vor allem bist du ein guter Freund. Mein einziger wahrer Freund.«

Die Schildkröte schaut zu mir auf. »Bin ich das denn?«

Ich zucke mit den Schultern. »Ich bin immer noch bei dir, oder?«

»Ja.« Ich höre ein Lächeln in ihrer Stimme.

»Jemand wie du gibt nicht auf!«

»Ich gebe nicht auf. Ich mache nur nichts.«

»Das ist dasselbe, du Salatkopf.«

Sie schweigt eine Weile. »Jeden Tag«, sagt sie dann, »kommt Shelly hervor, um der Sonne beim Aufgehen zuzusehen. Sie hört, welche Geschichten der Wind ihr zuträgt, sie liest die Zukunft in den Wolken, aber vor allem hält sie die Zeit an. Sie hat verstanden, dass sie nur ein Teil dieser Welt ist. Sie hat mir den Sinn des Lebens offenbart.«

»Und der wäre?«

»Der Sinn des Lebens«, sagt sie mit einem theatralischen Blick durch das Baumhaus, »ist das Leben selbst.«

»Okay.« Ich denke kurz nach. »Hä?«

»Es ist so einfach. Du wirst es verstehen, wenn du *lange* darüber nachdenkst, Kind.«

Ich versuche, lange nachzudenken, aber die Schildkröte lässt mich nicht.

»Jeder Augenblick«, sagt sie, »von jedem. Das ist der Sinn. Jedes *Lebe*wesen ist Teil des Lebens. Die Summe der Einzelnen ergibt das Leben.«

Ich runzele die Stirn. »Okay. Muss ich irgendwann mal lange drüber nachdenken. Mein Opa hat immer gesagt, dass die Liebe der Sinn des Lebens ist. Und die Liebe seines Lebens war Oma.«

»Dein Opa scheint mir ein weiser Mann gewesen zu sein.«

»Aber du hast doch gerade gesagt, der Sinn des Lebens sei das Leben und nicht die Liebe?«

»Ein Sinn der Liebe ist doch, das Leben weiterzugeben«, erklärt die Schildkröte.

»Ach so«, sage ich. »Oh. Aber du liebst die Riesenschildkröte doch nur, weil sie so weise ist, oder? Und wenn diese Shelly wirklich so unglaublich allwissend ist ...«, ich hebe meinen Zeigefinger, »... dann weiß sie auch, wie besonders du bist.« Ich öffne die alte Pappschachtel der Schildkröte mit den Schildern und Briefen drin.

»Ey«, ruft sie, »Privateigentum!«

Ich ziehe den rosafarbenen Umschlag hervor. »Der kommt in den Briefkasten«, bestimme ich.

»Auf gar keinen Fall.«

Ich schaue nach, wohin der Brief adressiert ist. »Shelly lebt im Berliner Zoo?«

»Leben ist eine schamlose Übertreibung«, beschwert

sich die Schildkröte. »Gefangen ist sie dort. Gelebt hat sie auf den Galapagosinseln.«

»Aber dann kannst du sie ja problemlos besuchen.«

»Nix da! Leg den Brief wieder zurück.«

»Nö«, sage ich. »Nur weil du eine Schildkröte bist, heißt das nicht, dass du immer den Kopf einziehen kannst.« Mit diesen Worten klettere ich aus dem Baumhaus.

»Na schön!«, ruft sie, als ich im Gras lande. Dann fügt sie kleinlaut hinzu: »Mit Romantik kennt ihr Menschen euch sowieso besser aus.«

Heute rief Papa an, kurz nachdem ich von meinem heimlichen Ausflug zum Briefkasten zurückgekommen bin. Er erklärte, ich müsse ausnahmsweise den Einkauf übernehmen, damit wir Sonntag was zu essen haben. Trotz Hausarrest. Er hat nämlich heute hausärztlichen Notdienst. Von wegen ausnahmsweise. Seit ich elf Jahre alt bin, erledige ich die Einkäufe.

Jetzt stehe ich schon eine ganze Weile mit einem Korb voller Einkäufe im Labyrinth der Supermarktregale. Die Schildkröte versucht neugierig, den Einkaufszettel zu entziffern, den Papa mir gegeben hat. »Was bitte ist ein Modinator?«, fragt sie. »Und Kerbkongenöse?«

Ich zucke mit den Schultern. »Denken wir mal logisch, was das sein könnte. Papa will heute mit uns grillen. Also wahrscheinlich Steak.«

Ich ignoriere ihren darauffolgenden Redeschwall und steuere auf die Fleischtheke zu. Dort angekommen, verstummt die Schildkröte. Sie starrt auf die vor uns ausgebreiteten Würstchen, Pasteten, Rippen, Brüste, Steaks in allen Farbtönen von Rot bis Grau. Ihr Hals verkürzt sich merklich. »Ein gläserner Friedhof«, wispert sie über das Surren der Kühlanlage hinweg. »Wusstest du, dass in einer Packung Hackfleisch das Erbgut von einigen Hundert verschiedenen Tieren stecken kann?«

Ein Schauer läuft mir den Rücken hinunter. Vor meinem inneren Auge verwandeln sich die Fleischstücke immer mehr in Körperteile diverser Tiere. Der Hintern eines Schweines. Die Brust eines Huhns. Die Rippen einer Kuh. Schwer zu sagen, ob nicht noch der Nacken eines Menschen dazwischenliegt.

»Wie kann man damit leben?«, fragt mich das Reptil.

Ich bin bereits an den Leberwürsten und Hackbraten vorbeigegangen, ohne ein Steak für Papa zu holen. Eine Spur zu schnell haste ich entlang der Eiswürfel, in denen die schillernden Fische eingebettet sind und mich aus ihren toten Augen anglotzen.

Eine schwache Wärme kehrt zurück, als ich mich zwischen zwei Regalreihen voller Plastikflaschen mit Säften befinde. Vor einer Ansammlung verschiedenster Cola-Sorten versuche ich, ruhiger zu atmen. Mir ist immer noch übel und eiskalt.

Vorsichtig nehme ich die Schildkröte aus meiner Brusttasche und schaue sie an. »Sieh mal«, sage ich zu ihr und streiche mit meiner Fingerkuppe über ihren kleinen Kopf. »Die Natur ist grausam. Ein Tier frisst das andere. Der Fuchs frisst den Hasen. Dann stirbt er, und es kommen die Würmer, um ihn zu Erde zu zersetzen. In der Erde wächst dann Mangold. Es ist ein geschlossener Kreislauf. Du gehörst auch dazu, du isst ja den Mangold.«

»Das ist wahr«, sagt sie. Ihre Stimme klingt auf einmal sehr freundlich und warm, gar nicht mehr vorwurfsvoll. »Wir können die Welt nicht von Raubtieren befreien. Aber du kannst doch vermeiden, selbst ein Raubtier zu sein.«

»Wie? Ich kann nicht leben, ohne Leben zu nehmen. Zumindest Pflanzen muss ich essen.«

»Ich habe das mal ausgerechnet«, fährt die Schildkröte fort. »Für einen einzigen Menschen werden im Durchschnitt ganze Herden vernichtet. Wie kannst du mit diesem Wissen leben, Marlin? Ich verstehe das nicht.«

»Ich auch nicht.«

»Weißt du, Fische werden mittlerweile so unzählbar viele gefangen, dass nicht mehr ihre Anzahl, sondern nur noch ihr Gewicht in Tonnen angegeben wird. Ein reines Massengrab, ausgehoben für den modernen Konsumenten. Und dann landet noch ein Großteil aller Lebensmittel im Müll.«

Ich schließe meine Augen, um die Vorstellungen zu verdrängen. Dann atme ich tief ein und setze die Schildkröte auf Augenhöhe in einer Lücke im Regal ab. »Gar nichts zu essen ist auch nicht die richtige Lösung.« Ich erinnere mich an meinen Biologieunterricht. »Weißt du noch, was eine Symbiose ist?«

Die Schildkröte rattert mit der Stimme von Frau Rose eine Definition herunter: »Wenn Lebewesen verschiedener Arten friedlich zusammenleben und sich dabei gegenseitig helfen.«

»Das ist doch die Lösung. In der Natur ist immer Krieg, aber Symbiose bedeutet Frieden. In einer perfekten Welt würden wir in Symbiose mit unserem Essen leben. Jahrelang daran arbeiten, dass ein Tier ein friedliches und glückliches Leben führt, wo es ihm durch unsere Hilfe an nichts fehlt. Und am Ende dieser Zeit schenken sie uns ihr Fleisch dafür.«

Sie nickt anerkennend. »Warum ist das dann nicht so? Jeder weiß, dass grausame Dinge passieren, damit Fleisch, Milch und Eier auf dem Tisch landen!«

»Wir Menschen sind gut im Verdrängen.«

»Aber warum verdrängt ihr das? Das Problem ist doch

lösbar, genau wie du gesagt hast. Mit Symbiose! Fleisch essen an sich ist für die Natur nicht das Problem. Im Gegenteil, es ist sogar ein Teil von ihr. Aber die Haltung der Tiere und der Transport machen den Unterschied. Es ist doch klar, dass Massentierhaltung heute veraltet und ethisch falsch ist.«

»Kristallklar.« Die Bilder von der Fleischtheke schwirren immer noch in meinem Kopf herum. Ganze Herden, nur für mich. Ich laufe in Richtung Kasse. »Kann man Fleisch nicht künstlich herstellen?«

Die Schildkröte nickt. »Ja. Ethisch ist das einwandfrei. Aber klimatechnisch muss man daran noch arbeiten.«

Auf dem Weg zur Kasse begegnen wir dem Kassierer von unserem letzten Einkauf. Er feuert Snacks aus Pappkartons wie aus einem Maschinengewehr in die Regale. Ich gehe geduckt an ihm vorbei, damit ich nicht ins Trommelfeuer gerate. Besorgt bemerke ich die Eierkartons, die als Nächstes einsortiert werden sollen.

Die Schildkröte hingegen wirft den Chipstüten einen verachtungsvollen Blick zu. »Da ist ja fast nur Luft drin. Genau wie in Keksverpackungen oder bei Waschmitteln. Durch effektiveres und sparsames Verpacken könnte man doch bestimmt die Hälfte des Verpackungsmaterials sparen.«

An der Kasse klingelt mein Telefon. Ich krame in meiner Latzhosentasche.

»Und vor allem nicht der ganze Plastikmist«, sagt die Schildkröte. »Das landet doch fast alles wieder im Meer.«

»Ja«, trage ich nur zu ihrer Erörterung bei und ziehe mein vibrierendes Handy hervor.

Die Warteschlange rückt weiter vor.

»Vegetarische Fleischzentrale Manno«, melde ich mich. Mein Handy klemmt zwischen Schulter und Ohr.

»Marlin«, sagt Papa durch den Hörer, »dein Schuldirektor hat angerufen.«

»Was?« Mir fällt fast der Korb aus der Hand. Ich schlucke schwer und lege die Schildkröte auf das Kassenband, um eine Hand für die Einkäufe frei zu haben.

»Du hast Montagmorgen um zehn nach acht einen Termin in seinem Büro.«

»O nein«, murmele ich. »Kommst du mit, Papa?«

»Ich muss arbeiten«, sagt er. »Außerdem hast du dir das selbst eingebrockt. Damit musst du jetzt allein klarkommen.«

»Aber er wird mich von der Schule schmeißen! Dann ist meine Zukunft noch mehr ruiniert, als sie es ohnehin schon durch die globale Erwärmung ist.« Die Kassiererin nimmt die Schildkröte in die Hand und versucht wiederholt, sie zu scannen. »Bitte! Ich lerne auch fleißig Mathe!«

Mein Vater schweigt. Im Hintergrund hört man den gewohnten Trubel seiner Praxis. Telefonpiepen, Türöffnen, gedämpfte Stimmen.

Ich nehme das letzte Teil aus dem Einkaufskorb – veganes Pistazieneis mit Karamellsplittern und Walnussstückchen.

»Du bist alt genug, Prinzessin. Das schaffst du schon.« Seine Stimme soll sanft klingen, aber eigentlich ist er schon längst bei seinem nächsten Patienten.

Ich seufze tief.

Während ich unter dem warmen Wasser stehe, das aus der Dusche über mein Gesicht strömt, singe ich laut vor mich hin. »Es schnappert die schnappernde Schnappschildkröte – schnapp, schnapp-schnapp, schnappschnapp!«

»Das ist mal Musik in meinen Ohren«, hallt die Stimme

der Schildkröte durchs Badezimmer. »Nicht diese Scheißmucke, die du sonst hörst.«

Ich fahre zusammen. Notdürftig verdecke ich meinen Körper mit dem Duschvorhang mit den dicken Kugelfischen drauf. »Spinnst du! Ich bin splitterfasernackt!«

Die Schildkröte sieht unbeeindruckt zwischen einer Flasche Shampoo und meiner Lieblingsbadeente zu mir herüber. »Ja und? Ich bin auch nackt. Muska ist nackt. Alle sind nackt. Nur die Menschen nicht. Die schämen sich.« Sie schnaubt. »Und da haben sie auch jeden Grund zu.«

»Das ist intimste Privatsphäre!« Ich verdrehe meinen Arm, um die Dusche auszumachen. »Was willst du hier?«

»Du duschst jetzt schon seit einer Stunde!«

»Na und? Ich liebe duschen!«

»Und das brühend heiß!«

»Na und?«

»Es ist Hochsommer, du Warmduscher.«

»Na und?«

»Du verschwendest Unmengen an Wasser. Und das Wasser wird mit fossilen Ressourcen geheizt. Das schadet dem Klima. Dabei könntest du auch einen schwarzen Sack mit Wasser draußen in die Sonne hängen, und schwupps – Warmwasser.«

»Wir haben Solarplatten auf dem Dach, du Witzbold.« Ich steige aus der Dusche und trockne mich ab. Dann wickle ich mich in das Handtuch ein und knote es vor der Brust zu einem Kleid zusammen.

»Ach so.« Das Reptil liest interessiert die Liste der Inhaltsstoffe meines Duschgels.

Die Schublade vom Waschbeckenschrank quillt über, als ich sie aufziehe.

»In deinem Shampoo ist übrigens Palmöl. Dafür wurde

Regenwald gerodet«, fängt die Schildkröte wieder an. »Außerdem ist da Silikon drin. Das fließt mit dem Abwasser in unsere Gewässer. Mittlerweile gibt es doch schon so viele Alternativen, festes Shampoo zum Beispiel. Warum bist du so ein Umweltverschmutzer?«

»Das riecht so lecker nach Himbeeren.« Ich ziehe den Föhn aus der Schublade und schalte ihn an, damit ich mir nicht die Kosmetikberatung des schrumpeligen Reptils anhören muss.

»Willst du mich vereiern? Du *föhnst* dich bei dreißig Grad im Schatten?«, höre ich irgendwann durch das Rauschen des Föhns hindurch.

»Lalala«, ist meine Antwort, während ich den Föhn wieder zusammenpacke. Ich entknote das Handtuch, schlüpfe in meinen türkisfarbenen Bademantel, stecke die lauthals protestierende und wild strampelnde Schildkröte in die Manteltasche und spaziere ins Wohnzimmer.

Mein Vater, Oma und Muska schauen Fußball.

Zögerlich tapse ich auf das Sofa zu.

Mein Vater sieht auf. Statt eines enttäuschten Blickes liegt ein heiteres Funkeln in seinen Augen, und er klopft neben sich aufs Sofa.

Ich atme leise aus, lächele und setze mich zwischen ihm und der Katze aufs Sofa. Wir schauen unserem Team bei seiner nächsten Niederlage zu.

Die Schildkröte krabbelt mühsam aus meiner Tasche.

Ich tue so, als würde ich ihren zornigen Blick nicht bemerken.

»Ihr seid so stolz auf eure Solarplatten«, sagt sie nach einer Weile. »Aber ihr schafft damit noch nicht annähernd das, was jedes fipsige Blatt kann.«

»Du meinst: Fotosynthese«, zeige ich allen, dass ich im Biologieunterricht aufgepasst habe.

»Die Fotosynthese, meine Liebe, ist so viel weiter als eure Technik.« Sie sieht vielsagend zu ihrem unaufmerksamen Publikum. »Sie kann nicht nur Licht in Energie umwandeln, sie kann sie auch speichern.« Sie schmunzelt. »Das habe ich damals auch versucht, Albert zu erklären. Aber der ist beim Fotoeffekt hängen geblieben, dabei ist das nur der erste Schritt der Fotosynthese.«

Papa sieht mich erstaunt an. »Albert Einstein?«

»Jep.« Ich zucke mit den Schultern als Zeichen, dass er das einfach hinnehmen muss.

Sie schüttelt den Kopf. »Und dann war Albert plötzlich total fasziniert von der Frage, ob das jetzt Wellen oder Teilchen sind.« Sie seufzt. »Als ob das wichtig wäre. Viel wichtiger ist doch, dass ihr einfaches Sonnenlicht in Energie umwandeln könnt. Die Sonne liefert so viel Energie, wie die gesamte Weltwirtschaft nie verbrauchen könnte.«

Ich benötige einen Moment, um diesen Satz zu verdauen.

»Mit Albert habe ich vor über einem Jahrhundert gesprochen. Ihr habt dann ein ganzes halbes Jahrhundert gebraucht, um Solarzellen zu konstruieren. Jetzt, noch ein halbes Jahrhundert später, sehe ich immer noch keine Solarzellen auf eurem Dach.«

»Doch«, sage ich, »habe ich doch grade gesagt! Wir haben Solarplatten auf dem Dach.«

»Ich meine ja auch Solar*zellen*«, sagt die Schildkröte, »Fotovoltaik.«

Papa räuspert sich. »Ich habe tatsächlich schon überlegt, Fotovoltaik anzuschaffen. Aber das wird heutzutage alles in China produziert. *Made in Germany* gibt es in dieser Branche nicht mehr.«

»Wer ist denn jetzt dieser Fotovoltaik?«, frage ich.

»Wenn du mit Solarenergie nicht nur Wärme, sondern auch Strom erzeugst«, erklärt Papa knapp, ohne den Blick vom Ball im Flimmerkasten abzuwenden.

»Energie wird nicht erzeugt, sondern nur umgewandelt«, korrigiert ihn die Schildkröte.

»Ah«, sage ich. »Kompliziert.«

»Ach, das weiß doch jedes Blatt!« Die Schildkröte macht es sich auf dem türkisfarbenen Bademantelstoff über meinem Oberschenkel gemütlich und zieht ihre Beinchen ein.

Mein Vater reibt sich das Kinn. »Was ich auch nicht verstehe: Momentan gehen viele deutsche Firmen für Windkraft pleite. Dass da die Politik nicht eingreift, kann ich nicht verstehen. Armes Deutschland.«

»Mit umweltfreundlicher Energie könntet ihr so viele Probleme lösen!«, ruft die Schildkröte. »Der Wind ist ja auch ein Kind der Sonne. Selbst der Wind könnte euer Energieproblem lösen, trotz der vielen Schlagopfer. Warum grabt ihr nach Schätzen, wenn eure Luft davon geschwängert ist? Warum zerstört ihr die Welt, wenn es so einfach ist, sie zu schonen?«

Niemand antwortet ihr, denn alle reden nur noch mit dem Fernseher. Oma umarmt gespannt ein Kissen.

»Komm schon«, flüstere ich dem Stürmer zu.

Die Schildkröte runzelt die Stirn. »Warum schaut ihr eigentlich den Männchen zu, wie sie dem Ball hinterherlaufen?«

»Das ist ein Spiel«, sage ich.

»Ist es nicht besser, selbst zu spielen, als zuzusehen?«

Keine Antwort.

»Und warum spielen da keine Weibchen mit?«

»Tooor!«, ruft Oma, und wir stimmen ein. In unserem Jubel wird die Halbzeit angekündigt.

Die Schildkröte schaut sich um. »Wo ist ein Tor?«

»Der viereckige Kasten mit Netz da.« Ich deute auf den Bildschirm.

»Ein Tor ohne Tür, aha. Sehr sinnvoll.«

Papa lächelt uns zu und schaltet den Ton der Werbung aus.

Er streicht der Schildkröte vorsichtig über den Panzer und sieht mich an. »Wisst ihr, auch wenn ihr immer so viel Mist baut ... irgendwo, tief in mir drin, bin ich stolz auf euch. Meine Generation hat es verpasst, das Ruder herumzureißen.« Er atmet tief ein. »Es tut mir leid.«

Gänsehaut bildet sich auf meinen Armen. Ein Grinsen breitet sich in meinem Gesicht aus. *Er hat uns wirklich zugehört! Vielleicht habe ich ja doch nicht alles falsch gemacht.*

»Dann ist es jetzt Zeit zu handeln, Doc«, knarzt die Schildkröte. »Kümmern Sie sich mal um Fotovoltaik und eine umweltfreundliche Hausisolierung.«

»Wird gemacht, Schildi«, sagt er und schaut wieder zum Fernseher.

»Nennen Sie mich nicht Schildi. Das ist entwürdigend.«

Kapitel 23

Die Reifen meines Fahrrads knirschen über den Waldweg Richtung Schule. Der Himmel ist dicht bewölkt, es dringt kaum Licht durch. Ein grauer Schleier hängt zwischen den Bäumen.

Die Härchen auf meinen Armen stellen sich auf, als ein ungewöhnlich kühler Windhauch über sie weht. Die Schildkröte in meiner Brusttasche hat ihren Kopf im Panzer versteckt und die Augen geschlossen. Wir passieren die Dichtende Fichte. Ich trete heftiger in die Pedale, mein Atem brennt mir in den Lungen. Mein Herz klopft bis zum Hals.

Langsam lichtet sich der Waldweg.

Die Schildkröte blinzelt. »Was ist das für ein Krach?« Sie gähnt und streckt ihren Kopf raus.

Ein Drahtzaun erscheint vor uns. Ich mache eine Vollbremsung. Das Fahrrad quietscht. Erde spritzt auf.

Die Schildkröte ruft etwas, aber ihre Stimme wird von dem lauten Rattern eines Baggers übertönt.

Langsam schiebe ich mein Fahrrad näher an den Zaun heran.

Ein orangerotes Metallmonster greift mit seiner gigantischen Klaue nach einer Birke. Die Säge kreischt, das Holz schreit, der junge Baum fällt in unsere Richtung. Ich zucke zusammen, als er auf der anderen Zaunseite direkt vor uns auf den Boden kracht. Sein letzter Atemzug aus Spänen und Blättern weht uns entgegen. Der Bagger verstummt.

»Was passiert hier?«, ist das Einzige, was ich in meiner Starre hervorbringen kann.

»Die töten deinen Wald«, fasst die Schildkröte zusammen.

Am Zaun ist ein Schild angebracht, auf dem es heißt:

HOLZFÄLLUNG. BETRETEN VERBOTEN.
LEBENSGEFAHR.

Die Baumfällmaschine fängt wieder an zu jaulen. Der Greifarm saugt den Stamm der Birke ein, entastet und zerteilt ihn. Von dem Baum ist nur noch ein trauriger Stumpf übrig, über den der Bagger achtlos drüberfährt, um eine Kiefer anzugreifen.

»Warum machen die das?«, frage ich und springe auf mein Fahrrad. Ich rase ein Stück zurück und nehme einen anderen Pfad, um mehr zu sehen. Doch auch hier lande ich in einer Sackgasse. »Hier sieht man nichts.«

Ich fahre auf eine Straße, die am Waldrand entlangführt. Nach einer Weile endet der Wald. Zu früh endet er. Statt Bäumen klaffen dort nur noch frische Baumstümpfe.

Daneben steht ein großes Schild:

HIER ENTSTEHT EIN NEUES WARENLAGER.
DAMIT WIR IHRE WÜNSCHE NOCH SCHNELLER
ERFÜLLEN KÖNNEN.

Tief in mir krümmt sich etwas vor Schmerz zusammen. Mein Herz, wahrscheinlich. Erinnerungsfetzen fliegen wie grüne Blätter an meinem inneren Auge vorbei. Es sind nur vage Eindrücke, aber in ihrer Summe formen sie den Wald meiner Kindheit. Seine Wurzeln sind so tief in der Erde, dass selbst der Frost sie nicht erreichen kann.

Ich schaue auf die Uhr auf meinem Handybildschirm. In zehn Minuten muss ich beim Direktor sein!

Ich zwinge meine Augen dazu, den Friedhof der Bäume nicht mehr anzusehen. Jeder Tritt in die Pedale tut weh.

Wie viel Wald wird noch hier sein, wenn ich zurückkehre?

Die Schildkröte sagt den ganzen Weg über kein einziges Wort, auch nicht, als wir vor dem Direktorenzimmer sitzen. Wir starren die fleckige Wand an. Ich sehe die Baumstümpfe immer noch vor mir. Jetzt ist nicht mehr nur meine Zukunft ruiniert, sondern auch die des Waldes.

Meines Waldes.

Mein Wald, in dem ich schon gespielt habe, als meine Eltern noch zusammen waren.

Mein Wald, auf dessen See ich Schlittschuhfahren gelernt hab.

Mein Wald, in dem ich mich abgekühlt habe, wenn ich wütend war.

Meiner.

Als die Sekretärin mich hereinbittet, sehe ich nur wieder und wieder, wie die Birke gefällt wird. Das flammende Orange des Baggers.

»Würden Sie mir bitte zuhören, Frau Manno«, holt der Direktor mich wieder zurück ins Jetzt. Ich sitze anscheinend schon in seinem Büro, auf einem samtweich gepolsterten Stuhl – warum gibt es die nicht auch bei uns in den Klassenräumen? Ich schaue Direktor Krupp in seine stahlgrauen Augen, passend zu dem stahlgrauen Anzug und dem stahlgrauen Haar.

»Was Sie begangen haben, war eine Straftat«, sagt er. Er schiebt die Zeitung auf seinem Tisch zur Seite und beugt sich näher zu mir heran. Seine Stimme dringt hart in meine Ohren. »Brutaler Vandalismus gegen Schuleigentum. Ich sehe mich gezwungen, Sie anzuzeigen und von der Schule zu verweisen.«

Ich zucke mit den Schultern und lasse den Kopf hängen. Eine Träne löst sich aus meinen Augen.

»Wie können Sie es wagen!«, ruft die Schildkröte empört. »Tiere leiden. Tiere sterben. Ganze Ökosysteme kollabieren!« Sie klettert aus meiner Tasche auf den Schreibtisch. »Wir stehen am Anfang eines Massensterbens, und alles, worüber Menschen wie Sie reden, sind Geld und Märchen über die Unterstützung Ihrer Schüler. Wie können Sie es wagen, weiterhin wegzuschauen! Sie behaupten immer, Ihre Schüler wären Ihnen wichtig. Aber egal, wie traurig oder wütend Ihre Schüler sein mögen, Sie schauen immer nur weg, wenn es darauf ankommt.« Das Reptil schüttelt den Kopf. »Ich will das gar nicht glauben, *Herr Pädagoge*. Denn wenn Sie die Situation wirklich verstehen würden und dennoch nicht handeln, dann wären Sie böse. Und das weigere ich mich zu glauben. Ich habe nie ernsthaft geglaubt, dass Menschen durch und durch böse sind.« Sie sieht besorgt zu mir herüber.

»Aber«, fährt Direktor Krupp mit sachlicher Stimme fort, als wäre die Schildkröte gar nicht da. »Schauen Sie sich das an, Frau Manno.«

Er klappt die Lokalzeitung auf und zeigt mit seinem Finger auf eine Schlagzeile.

Umweltaktivistische Schüler zeigen, worauf es ankommt

Köln – Ein Gymnasium hält über Nacht eine Überraschung bereit. Die Turnhalle der Schule wird jetzt von einem Kunstwerk (Foto s. o.) mit einem eindeutigen Statement geschmückt: Rettet die Umwelt!

»Ich konnte das zuerst alles gar nicht glauben«, sagt Schuldirektor Karl Krupp. Das Projekt zu diesem Kunstwerk geht auf eine AG besonders engagierter Schüler*innen zurück, die sich selbst die »Schildschüler*innen« nennen – mit einer Schildkröte als Symbol für die gefährdete Umwelt. Gegründet wurde die AG von der Lehrkraft Linda Rose. »Mir war die Umwelt schon immer sehr wichtig«, so Rose. »Vor allem in diesen Zeiten der raschen globalen Erwärmung ist schnelles Handeln unabdingbar. Was nützt es, meine Schülern etwas über Ökosysteme zu lehren, wenn ich deren Zerfall nicht verhindere?« Zwei ihrer engagierten Schildschüler*innen formen das Herz der AG: Tim Meier, der mit seiner umweltkritischen Kunst den Entwurf des Bildes lieferte, und Marlin Manno. »Marlins niedliche Schildkröte ist für uns alle eine große Inspirationsquelle«, so die Lehrerin mit einem Lächeln.

»Wir haben einen Baum gepflanzt«, sagte Marlin Manno, die viele Stunden ihrer Freizeit opferte, um sich für die AG einzusetzen.

»Wir brauchen junge Menschen, die sich für das einsetzen, was ihnen wichtig ist. Nur so kann Politik funktionieren«, loben mehrere Stimmen aus dem Stadtrat.

»Ich bin schwer enttäuscht von Ihnen, Frau Manno.« Der Direktor lehnt sich in seinem stahlgrauen Schreibtischstuhl zurück. »Doch anscheinend stehen die Schülerschaft, die Elternschaft, der Bürgermeister und der Stadtrat alle hinter Ihnen. Mir bleibt also nichts anderes übrig, als von einer Anzeige abzusehen.«

Die Schildkröte trötet einen Jubelruf.

Ich selbst bringe nur ein knappes Nicken zustande und will aufstehen. Meinem Wald läuft die Zeit davon.

»Doch Sie müssen mir versprechen, dass Ihre Projekte in Zukunft auf legalem Wege ablaufen.«

Ich zapple auf meinem Stuhl. »Darf ich dann jetzt bitte gehen?«

Als ich verspätet in den Matheraum platze, fangen die Schüler an zu applaudieren. »Geile Aktion!«, ruft jemand.

»Ruhe, bitte. Es ist Unterricht«, ermahnt mein Mathelehrer. »Feiern könnt ihr in der Pause.« Er geht mit mir zu meinem Platz und legt mir ein Arbeitsblatt hin.

»Marlin«, zischt Mona-Elif von hinten. »Das war total mutig von dir.« So wie sie es sagt, klingt es fast so, als wäre sie neidisch auf mich. »Ich bin jetzt übrigens auch eine Schildschülerin.«

Ich versuche, ein Lächeln zustande zu bringen und zucke mit den Schultern. Der Lehrer mahnt Mona-Elif, sich auf ihre Aufgaben zu konzentrieren.

Zum ersten Mal bin ich froh, dass ich im Matheunterricht sitze und meine Ruhe habe. Auf dem Arbeitsblatt vom Lehrer steht in roter Schrift: *Ich bin ein großer Fan! Aber das darf ich als dein Lehrer natürlich vor den anderen Schülern nicht laut sagen.* Als ich zu ihm aufsehe, zeigt er ein aufmunterndes Lächeln.

Es fällt mir schwer, die Xe und Ypsilons auf dem

Arbeitsblatt zu erkennen. Die Schildkröte kriecht auf das Papier und fängt an, die Aufgaben für mich zu rechnen.

Unter dem Tisch ziehe ich mein Handy aus der Tasche und rufe eine Suchmaschine auf. *Neues Warenlager Köln*, gebe ich ein. Nach einer Zeit des mühsamen Scrollens finde ich einen Link, der auf die Webseite des Onlineshops führt, der mir sofort diverse Antipickelcremes zum Kauf vorschlägt. Ich gehe wieder zurück und probiere ein bisschen mit der Suchleiste herum, bis ich endlich einen brauchbaren Artikel finde.

Unsere Kunden sind wie Gäste. Wir wollen täglich die Aspekte der Verbrauchererfahrung ein kleines bisschen besser machen. Das schaffen wir durch schnelles und zuverlässiges Liefern. Unser Projekt, neue Lagerhallen in den größten Städten zu erbauen, ist bereits groß in Planung und zielt darauf ab, die Kunden in maximal einer Stunde zu erreichen. Neben der schnelleren Liefergeschwindigkeit bietet es den Vorteil, dass durch die adaptierten Lagerhallen der Transport auf nachhaltige Art und Weise reduziert wird. Weniger Sprit ist gut für die Umwelt.

»Riechst du das?«, fragt die Schildkröte, die mittlerweile die Felder mit den Lösungen der Matheaufgaben angekreuzt hat und neugierig unter die Tischkante auf mein Handy schaut.

»Was denn?«

»Dreckige Lügen.« Sie schnaubt. »Statt mit der Post fahren die jetzt mit eigenen Autos. Unterm Strich habt ihr da noch mehr Autos auf den Straßen – von wegen weniger Sprit. Die haben sogar eigene Flugzeuge!«

Im Biologieunterricht kommt Frau Rose überhaupt nicht dazu, zu unterrichten. Diverse Schüler überhäufen sie mit Fragen zum Umweltschutz. »Wenn die Erde wärmer wird, warum ist es dann im Winter immer noch kalt?«, fragt einer.

»Aber wenn der Meeresspiegel steigt«, sagt Mona-Elif, »sinkt dann nicht der Plastikanteil im Wasser?«

Die Schildkröte rollt genervt die Augen. »Ist ja toll, dass die Schüler jetzt die Fragen stellen. Aber könnten sie nicht ein klitzekleines Bisschen intelligenter sein?«

Ich zucke mit den Schultern. Mein Bein bewegt sich unruhig wie der Zeiger der Wanduhr, den ich die ganze Zeit im Blick habe.

Endlich naht das Ende der Stunde. Frau Roses Wangen leuchten vor Freude, als ich auf sie zukomme. »Es ist unglaublich, was ihr in den Schülerinnen und Schülern ausgelöst habt«, schwärmt sie. Dann wird ihre Miene ernst. »Und du möchtest wirklich aus der AG aussteigen? Das alles hier wäre ohne dich nicht passiert. Was muss ich tun, damit du wieder mitmachst?«

Ich spare mir eine Antwort und frage schlicht: »Kennen Sie die *SonderBar*?«

Kapitel 24

Ich stemme die schwere Eichentür zur *SonderBar* auf. Die meisten Fenster sind gekippt, um den kühlen Abendwind reinzulassen. Ich entdecke Tim, tief eingesunken im Plüsch eines Sofas, sein Handy nah am Gesicht. Mit verschränkten Armen bleibe ich vor ihm stehen und räuspere mich.

Er schreckt auf, kämpft sich aus dem Sofa hoch und starrt mich an, als sei ich ein Wolf und er ein kleines Reh.

Ich hebe meine Augenbrauen und versuche, so skeptisch wie die Schildkröte auszusehen.

Tim hebt beschwichtigend seine Hände. »Warte kurz«, sagt er, bevor ich zu meiner Rede ansetzen kann, »Bitte.« Kurzum verschwindet er hinter der Theke in der Küche.

»Was ist denn mit dem los?«, fragt die Schildkröte, als ich mich in ein furzendes Sofa sinken lasse.

Ich antworte nicht.

Mit lilafarbenen Ofenhandschuhen und einem entwaffnenden Lächeln kommt Tim zurück. Er trägt einen großen Teller und stellt ihn vor mir auf den Holzkisten ab. Es ist eine Pizza mit Käse – oder eher Käse mit Pizza. Frische Rucolablätter formen ein dickes, fettes *Sorry* auf der blubbernden Käseschicht. Der betörende Pizzaduft dringt bis in die hinterste Ecke der *SonderBar* vor und droht meine Sinne zu benebeln. Die Skatspieler werfen neidische Blicke zu uns herüber.

»Im Ernst, Blue«, sagt er. »Ich hätte dich vorher fragen sollen. Sorry!«

Ich schaue aus dem Fenster. Eigentlich wollte ich ihm die Standpauke halten, die ich zu Hause vor dem Spiegel eine Stunde lang geübt habe, aber jetzt fehlen mir einfach nur die Worte. Er hat es also tatsächlich bewusst getan. Ich hatte gehofft, dass es vielleicht ein Kumpel von ihm war, der das Video hochgeladen hat, aber nicht Tim.

Sein Blick ruht auf mir, das kann ich spüren. »Blue«, flüstert er. »Es war wirklich, wirklich dumm von mir. Die Ereignisse haben sich überschlagen, und es hat sich einfach so ergeben. Es war nicht geplant.«

Meine Nase juckt, und meine Augen werden feucht.

»Ich wusste nicht, dass es dich so verletzt«, redet er weiter, während er sich auf das Sofa gegenüber setzt. »Das Video ist ein Riesenerfolg. Ich dachte, du wolltest das. Nicht mehr uncool sein und Leute erreichen. Ich weiß echt nicht, was ich jetzt …« Er stockt und seufzt tief.

Irgendwo hat er recht. Ich starre fest in die untergehende Sonne draußen, ihre Strahlen brennen sich in meine Netzhaut. Ich wünschte, sie würden die Bilder der Baumstümpfe meines Waldes verbrennen, die ich vor mir sehe.

»Du glaubst ja wohl nicht«, schaltet sich die Schildkröte ein, »dass so ein billiges Fertiggericht alles wiedergutmacht, was du Marlin angetan hast!«

»Es ist kein Fertiggericht«, sagt er kleinlaut. »Ich habe sie komplett selber gebacken.«

»Ach was! Sie ist fast im Knast gelandet!«, schimpft das Reptil. »Das ist entwürdigend!«

»Ich weiß«, seufzt Tim. »Ich habe einen großen Fehler gemacht. Es tut mir leid, Blue. Sorry. Ich kann das Video löschen, wenn du willst. Das macht es zwar nicht besser, aber ... was kann ich sonst tun?« Er beugt sich vor und versucht, nach meiner Hand zu greifen.

Ich ziehe sie weg, bevor er sie berühren kann.

Tim zuckt zurück. »Ich ... ich wollte dich auf keinen Fall verletzen. Im Gegenteil. Für mich bist du das Symbol unserer Sache. Das wollte ich der Welt zeigen.«

Ich blinzele die Bilder vom Wald weg und zwinge mich, ihn anzusehen.

Er ist völlig aufgelöst. Auf seinen Wangen sind hastig verwischte Tränenspuren.

»Er meint es ernst«, flüstert die Schildkröte zu mir hoch. »Ich kann seine Angst riechen.«

Ich nicke ihr zu, dann schaue ich Tim über den Tisch hinweg an.

Er atmet erleichtert aus, als ich ihm die Ahnung eines Lächelns zuwerfe.

Ich nehme das Kriechtier aus meiner Brusttasche und lasse es in die Schüssel grün leuchtenden Rucolas gleiten, die Tim zwischen einer weiteren überdimensionalen Pizza und frisch geschnittenen Tomaten abgestellt hat. Es taucht in den Salatpool ein.

Meine Hand zieht sich ein Stück Pizza aus dem Käse. Ich schnüffle genüsslich an dem dampfenden Dreieck.

»Danke, Blue«, sagt Tim schlicht. Seine verkrampfte Körperhaltung lockert sich.

Es ist nicht vergessen, aber im Moment haben wir echt andere Probleme, denke ich. Ich beiße in die Pizza. Der

Käse zergeht auf meiner Zunge. Seine Wärme vertreibt für einen verheißungsvollen Augenblick die Kälte aus meinem Körper, so als wären die goldenen Käseschlieren eingefangene und gebackene Sonnenstrahlen. Ich sinke noch tiefer ins Sofa ein und schaue zur Schildkröte hinüber.

Das grüne Tier ist in dem Haufen Rucola kaum zu erkennen. Es suhlt sich in den Stängeln, die eigentlich als frischer Belag für die Pizza gedacht sind.

Ich wische meine fettigen Finger an einer Stoffserviette ab.

Gerade, als Tim in ein Pizzastück beißen will, geht die Tür zur Bar auf. Eine Frau mit klobigen Bergsteigerschuhen kommt herein. »Hallo, ihr Lieben!«, ruft sie, als sie uns entdeckt. Es ist Frau Rose. Ich erkenne sie kaum wieder: Statt edlem Rock und roter Bluse trägt sie abgeschnittene Shorts, dazu ein weißes T-Shirt mit einem schwarzen Hirschkäfer drauf. Darunter steht *Lucanus cervus.* Ihre Locken stehen wild in alle Richtungen ab, und an ihren Ohrläppchen glitzern zwei Marienkäferohrringe. »Ein Geheimtreffen, ist das nicht aufregend?«

»Es ist ernst«, sage ich zu den beiden, als Frau Rose sich setzt und vorsichtig in ein Stückchen Pizza hineinbeißt. »Sehr ernst.« Ich räuspere mich. »Heute Morgen bin ich wie immer durch den Wald zur Schule gefahren. Plötzlich versperrt mir dieser riesige Bagger den Weg und ist dabei, meinen Wald zu roden.« Ich verberge mein Gesicht hinter meinen Händen. »Ich bin in diesem Wald groß geworden. Und genau jetzt, in diesem Moment, wird er rücksichtslos zerstört. Wenn die so weitermachen, dann bleibt kein einziger Ast mehr von ihm übrig.«

Tim hat sich an seinem Stück Pizza verschluckt. Als er wieder atmen kann, ruft er: »Was?«

»Vielleicht sind das ja Forstarbeiten«, überlegt Frau Rose. »Manchmal muss der Förster ein paar Bäume fällen, damit das Gleichgewicht im Wald erhalten bleibt.«

»Nein!« Ich schlage so heftig mit der Faust auf den Tisch, dass die bunten Gläser wackeln. »Da wird nicht mal eben ein Baum gefällt.« Ich reibe meine schmerzenden Handknöchel. »Eine riesige Maschine schlachtet den ganzen Wald ab. Es ist ein einziges Schlachtfest.«

»Das ergibt doch keinen Sinn.« Tim nippt an seinem Glas Cola. »Ich war da öfter zum Malen, da gibt es doch diesen wunderschönen kleinen See. Warum sollte man so etwas zerstören? Wie kann man das zulassen?«

Ich schnaube, so wie die Schildkröte das manchmal tut, die mich gerade mit vollem Mund beobachtet. Ein Stück Rucola lugt aus ihrem Mundwinkel hervor. »Für die Onlineshopping-Firma, die da ihre neue Lagerhalle errichten will, ergibt das sogar sehr viel Sinn.«

»Wenn diese Lieferfirma das Grundstück gekauft hat«, sagt Frau Rose, nachdem sie gründlich gekaut hat, »dann dürfen sie das leider.«

»Wieso?«, frage ich. »Rechtfertigt Geld etwa ein Verbrechen an der Natur?«

Frau Rose lächelt traurig. »Natürlich nicht. Aber die Natur hat keine Lobby, die sie verteidigt. Anscheinend sitzt niemand im Stadtrat, der so etwas verhindert. Geldgier ist auch der Hauptgrund, warum der Regenwald immer noch gerodet wird.«

»Das stinkt zum Himmel!«, schaltet sich die Schildkröte ein. »Immer alle mit ihrem Geld! Was ist dieses merkwürdige Geld überhaupt? Nur ein paar Zahlen auf Papier! Geld ist nur für den Menschen etwas wert. Die Natur hat nichts davon!« Vor lauter Wut fängt sie an zu zittern.

»Passt auf«, sage ich schnell, bevor noch ihr Panzer

explodiert. »Ich brauche jeden einzelnen Menschen, den ihr kennt. Wir müssen gemeinsam dagegen demonstrieren.« Ich sehe Tim an. »Wenn ich dir jemals verzeihen soll, dann tu jetzt etwas.«

Er zieht wortlos sein Handy aus der Hosentasche. *Notfall,* tippt er in ein Chatfeld, *Alarmstufe Rot. Ich brauche euch jetzt, Schildschüler*innen. Es geht um Leben und Tod.*

»Ich kenne diesen Wald.« Frau Rose nickt, während Tims Handy ein Konzert aus Pinglauten von sich gibt. »Ich mache immer mit den Fünftklässlern Exkursionen dorthin. Es ist ein außergewöhnlich schöner Mischwald, dort lassen sich so viele verschiedene Arten von Blättern finden und Bäume bestimmen.« Ihre Stimme klingt betrübt. »Das ist eine gute Idee, Marlin. Zähl mich dazu. Ich werde auch so viele Leute wie möglich mitbringen.«

»Sehr gut«, sage ich. »Morgen früh geht's los.«

»Morgen schon?« Frau Rose ist verdutzt. »Müssen wir uns nicht vorbereiten?«

»Nein«, sage ich und schaue wieder aus dem Fenster. »Das Einzige, was wir für eine Demonstration brauchen, sind wir selbst und ein bisschen Mut.« Ich blinzele. Draußen vor dem Fenster schiebt mein Vater sein meergraues Fahrrad vor sich hin. Wow! Er ist ja mit dem Fahrrad unterwegs! Geistesabwesend winke ich ihm zu, als er mich entdeckt.

An seiner verwirrten Miene erkenne ich, dass ich wohl einen Fehler gemacht habe. Wenn man Hausarrest hat und sich rausschleicht, dann muss man sich nämlich in der Regel vor seinen Eltern verstecken, wenn man sie auf der Straße sieht.

»Ups«, entfährt es der Schildkröte, als mein Vater das Rad abschließt und auf die Bar zustampft.

»Was in aller Welt machst du hier?«, fragt er, noch bevor die Eingangstür wieder ins Schloss gefallen ist.

»Wir planen eine Aktion, mit der wir Marlins Wald retten können«, erklärt Tim, ohne von seinem Handy aufzusehen.

Meinem Vater steht ein dickes Fragezeichen im Gesicht. »Welcher Wald?« Er wischt sich den Schweiß von der Stirn. »Marlin, du hast Hausarrest! Ich habe dir doch gesagt, du sollst das Umweltretten zumindest für eine Weile sein lassen. Moment mal …« Er schnuppert in die Luft, die nach Pizza und verschüttetem Bier riecht.

Frau Rose erhebt sich vom Sofa. Ihre braunen Locken umspielen ihre Schulter, und ein Sonnenstrahl von draußen glitzert in ihren roten Ohrringen. »Aber Sie können uns doch nicht verbieten, die Welt zu retten!« Sie macht einen Schritt auf meinen Vater zu. »Das ist unser gutes Recht.«

Wie vom Blitz getroffen starrt mein Vater sie an. Er mustert den großen schwarzen Hirschkäfer auf ihrem weißen T-Shirt und sieht dann peinlich berührt auf den Boden. »Und wer, ähm, sind Sie noch gleich?«

»Mein Name ist Linda Rose.« Sie hält Papa ihre Hand hin. »Die Biolehrerin.«

»Aber Sie sind ja hübsch«, gibt er verwundert zurück. Er greift verdutzt nach ihrer Hand.

Frau Rose lacht. »Sie sind Marlins Vater, oder? Ich hatte noch nie eine so engagierte Schülerin! Sie können stolz auf sie sein.«

Er hält ihre Hand fest. »Ja, äh, ja, um ehrlich zu sein, ja, Marlin ist meine Tochter.«

»Wunderbar!«, sagt sie. »Sie müssen morgen unbedingt mit in den Wald kommen und uns unterstützen!«

Mein Vater scheint sein Hirn nach einer Antwort zu durchforsten. »In den Wald«, murmelt er. Dann fällt ihm auf, dass er ihre Hand immer noch festhält. »Oh, ich bitte um Entschuldigung«, nuschelt er und lässt sie los.

Frau Rose lacht wieder, es könnte auch ein Vogelzwitschern sein. »Morgen kommen Sie mit uns!«

Papa läuft knallrot an. »Mit Ihnen? Ich, äh, na ja, ich muss eigentlich arbeiten.«

Ich versuche mir ein Grinsen zu verkneifen.

»Ach, das kann warten.« Frau Rose macht eine wegwerfende Handbewegung. »Ich muss auch arbeiten. Der Sinn von einer Demonstration ist ja, zu zeigen, wie viele Menschen hinter einer Forderung stehen.«

»Das, nun ja, das ist nicht falsch.«

»Och, bitte, Papi«, schmolle ich. »Danach bleibe ich auch so lange in meinem Zimmer, wie du willst. Du liebst den Wald doch auch. Früher sind wir immer dort picknicken gegangen.«

Er reißt die Augen auf. »Sie wollen *unseren* Wald fällen? Warum weiß ich nichts davon?«

Einen Augenblick freue ich mich darüber, dass es für ihn auch *unser* Wald ist.

»Das frage ich mich auch!«, zetert die Schildkröte. »Heute Morgen sind Sie mit Ihrem Auto der Titanen am Wald entlanggebrettert, Sie Lackaffe! Wie konnten Sie da das riesige Schild übersehen? Hallo, das war kein Wink mit dem Zaunpfahl mehr, das war ein Wink mit dem ganzen Zaun!«

»Ich habe das Fahrrad genommen«, sagt er und sieht Frau Rose wieder verzaubert an. »Kommen kann ich, äh, trotzdem nicht«, stockt er. »Meine Patienten, äh, kommen nämlich ohne mich nicht aus.«

Frau Rose zuckt mit den Schultern. »Dann bringen Sie die doch mit.« Sie zwinkert. »Na ja. Aber Sie verraten uns doch nicht, oder?«

»Ich bin Arzt«, sagt er reflexhaft. »Ich unterliege der, äh, Schweigepflicht.«

»Wenn wir das nun alles geklärt hätten«, sagt die

Schildkröte gedehnt, »dann wäre es jetzt an der Zeit, die Demonstration anzumelden.«

»Und zwar ordnungsgemäß.« Frau Rose grinst Papa an. »Wir wollen ja nicht, dass wieder einer von uns im Gefängnis landet.«

Papa grinst zurück.

»Ich weiß«, sage ich knapp und halte mein Handy ans Ohr.

Am anderen Ende der Leitung knackst es. »Ja?«, meldet sich die Polizistin.

»Ich bin's, Marlin.«

»Ah, die kleine Umweltaktivistin. Was hast du jetzt schon wieder angestellt?«

»Heute noch nichts. Aber morgen. Ich würde gerne eine Demo anmelden.«

Kapitel 25

Der Morgennebel lichtet sich. Ich husche durch den Wald. Er klingt anders. Kein Vogelgezwitscher oder Laubrascheln. Nur das Kreischen eines Sägeblatts jagt durch die Baumstämme hindurch bis in mein Knochenmark.

Mein Herz pocht. Ich gehe schneller. Mein pappiges Pappplakat hängt über meiner Schulter. Gestern habe ich noch draufgeschrieben:

LASST MEINEN WALD IN RUHE.
WARUM? WEIL BAUM.

In meiner Brusttasche steckt die Schildkröte. Ihr kleines Schild besteht aus einem Stück einer alten Cornflakespackung und einem Zahnstocher.

SCHILDKRÖTEN GEGEN BÄUMETÖTEN!

Auf ihrem Panzer glitzert in rotem Nagellack: *Rette den Wald!*

Das grauenhafte Kreischen und Hacken wird lauter und lauter. Sind wir zu spät? Ich fange an zu rennen. Zum ersten Mal merke ich, wie wichtig Zeit ist, wenn man sie nicht mehr hat. Mit jedem Herzschlag wird mein Wald kleiner. Jede Sekunde zerfrisst ein Sägeblatt ganze Jahresringe. In meinem Kopf werden die Baumstämme zu Personen, die angewurzelt nicht wegrennen können und zerspaltet werden, als wären sie nichts wert. Im Geiste höre ich sie förmlich schreien und weinen. Hört das denn sonst keiner?

Auf dem Weg zum Sperrgebiet begegnen wir niemandem. Ich wünschte, wenigstens Papa wäre hier bei uns, aber er ist schon vor Sonnenaufgang zur Arbeit gefahren.

Da kommt der Zaun. Er ist noch viel weiter vorgerückt. Zu weit.

Der Bagger rumort. Außer ihm ist niemand hier. Nur ich, das Kriechtier und das Ungetüm.

»Wo seid ihr alle? Warum ist denn niemand da?«, rufe ich verzweifelt. Mich beschleicht die Angst. »Sie sind nicht hier ...« Sie kommen nicht. Weiß denn keiner, was dieser Wald eigentlich bedeutet? Was er mir bedeutet? Für sie ist es bestimmt wieder nur ein Spiel. Und für Tim? Wieder nur ein »Sorry«?

»Die kommen bestimmt noch. Außerdem ist es egal«, ruft die Schildkröte entschlossen. »Du bist hier. Ich bin hier. Wir werden es schaffen oder mit dem Wald untergehen!«

Der Bagger, glänzend lackiert wie das Harz seiner Opfer, fährt auf seine nächste Beute zu.

Mir entfährt ein Schrei. *Die Dichtende Fichte!*

Ich zerre hektisch am Baustellenzaun. Er gibt nicht nach. Ich reiße mit aller Gewalt daran. Irgendwas zerspringt. Es klappert. Ich wuchte meinen ganzen Körper dagegen. Der Zaun gibt eine schmale Lücke frei. Ich zwänge mich durch. Schneller als je zuvor renne ich auf meinen Baum zu.

»Nein!«, brülle ich dem Bagger aus voller Kehle entgegen. Sein ratterndes Getöse übertönt mich. Ich stelle mich mit meinem Schild vor die Dichtende Fichte und schaue ihm entschlossen entgegen. Der Greifarm kommt immer näher, die Greifzähne gebleckt. Alles in mir schreit, davonzurennen, in Sicherheit. Aber wie die Bäume bleibe ich angewurzelt stehen.

»Er sieht dich nicht«, schreit die Schildkröte. Ihre Stimme überschlägt sich vor Furcht. »Du musst schnell hochklettern!«

Ich reagiere sofort. Das Schild ramme ich in die Erde zwischen den Wurzeln. Die Schildkröte setze ich rasch daneben ab.

Dann umarme ich den Baum mit beiden Armen.

Ich versuche, mich hochzuziehen. Die Rinde ratscht an meiner Haut. Ich beiße die Zähne zusammen, um den Schmerz zu ertragen. »Aufhören!«, schreie ich und stemme mich höher. Höher. Und höher.

Ich hätte nie gedacht, dass ich es je schaffe, einen Baum auf diese Art hochzuklettern.

Das Knattern des Greifarmes kommt hinter mir immer näher. Bald wird er sich in meinen Rücken bohren. »Hilfe! Stoppt den Bagger! Er will mich umbringen!«

Ich schaue hinunter und kann die Schildkröte kaum noch erkennen. Sie ist ein winziger grüner Moosfleck auf den Wurzeln.

Mir wird schwindelig. Der Boden schwankt. Ich umfasse den Baum fester. Dann klettere ich noch weiter, weiter, weiter, bis die Morgensonne mich blendet. Dort angekommen, halte ich mich nur noch fest. Halte den

Baum fest, damit er nicht umfallen kann. Es tut weh. Ich fange an zu bluten. »So helft mir doch!« Meine Arme und Beine sind komplett aufgeschunden. Schürfwunden überall.

Der Motor des Baggers verstummt. Eine Tür wird geöffnet.

»Hey, Kleine!«, motzt jemand. »Bist du verrückt geworden? Komm da sofort runter!« Jedes Wort durchspießt meine Trommelfelle.

»Nein«, schluchze ich und drücke meine Schläfen gegen die Rinde. »*Sie* sind verrückt!« Mein ganzer Körper vibriert. »Das ist mein Baum. Lassen Sie meinen Baum gefälligst in Ruhe!« Nadeln piken mich überall. Winzige Finger, die sich krampfhaft an mich klammern. Meine Haut brennt.

Ein ekliges Kichern. »Hör mal, Baumtante. Wenn du nicht da runterkommst, dann ruf ich die Polizei.«

»Tun Sie das!«, rufe ich, ohne hinunterzuschauen. Ich sehe nur die Zeichnung der klebrigen Rinde dicht vor meiner Nase. »Die Polizei ist sowieso auf dem Weg hierher.« *Hoffe ich jedenfalls.* »Das ist eine Demonstration der Schildschüler! Ich werde nicht gehen, bevor Sie diesen Wald in Ruhe lassen! Verschwinden Sie lieber, bevor die Natur zurückschlägt.«

Der Bauarbeiter lacht blöde. »Eine Demonstration, so, so. Und wo sind die Leute? Sieht so aus, als wärst du hier mutterseelenallein.«

»Warte nur ab, Rotznase«, höre ich die Schildkröte drohen.

Ich spüre, dass mein Körper immer schlimmer zittert. Ich vergrabe meine Fingernägel in der Rinde der Dichtenden Fichte und schließe die Augen. Lausche dem zarten Wind in ihrer Krone und den traurigen Paarreimen, die sie flüstert:

Mit Tintenschwarz steht Schicksal hinterm Sternenzelt geschrieben,
Kein Mensch vermag, sein Quantum Zeit mit Ewigkeit zu biegen.
Verloren ist die Welt in Ignoranz und in Intrigen,
Im Brand der Erde kommt die Artenvielfalt zum Erliegen.

Ich schaue runter. Mir wird wieder speiübel. Der Bauarbeiter baut sich vor der Schildkröte auf, die ihn mit Worten beschimpft, bei denen meinem Vater die Ohren abfallen würden.

»Hey, Öko-Olle!«, ruft der zornesrote Mann bald zu mir hoch. »Wenn du da nicht runterkommst, dann trete ich auf dein komisches sprechendes Spielzeug!«

Die Schildkröte! Mein Herz klopft gegen den Baum. Ich lege die Stirn gegen die Baumrinde. »Es tut mir leid«, flüstere ich gegen ihr schweigendes Holz.

Dann fange ich an, hinunterzuklettern.

»Bleib bloß oben«, ruft die Schildkröte knapp, ihre Stimme unerwartet klar und deutlich, als wäre sie immer noch in meiner Brusttasche und nicht allein da unten. »Ich bin alt genug, um zu sterben. Kümmere dich nicht um mich. Du *musst* diesen Wald retten. Das Leben von Hunderten ist mehr wert als das eines alten Ranzreptils.«

Ich halte inne. Schaue zu dem Bauarbeiter hinunter und überlege schnell, ob ich mich einfach auf ihn fallen lassen kann. Dabei könnten wir auf die Schildkröte stürzen und ihren Panzer brechen. Was mache ich jetzt?

Ich umklammere die Fichte fester. Alle meine Muskeln schmerzen. Schweiß durchtränkt mein weißes T-Shirt.

»Tja, dann sag Tschüss zu deinem Kuscheltier!«, ruft der Bauarbeiter.

Ich schließe die Augen. »Es tut mir so leid«, flüstere ich wieder. Die Sonne scheint warm in meinen Rücken. Feine Sägespäne glitzern in der Luft. Da der Bagger verstummt ist, höre ich wieder ein paar Vögel zwitschern. Der See plätschert.

»Wenn Sie der Schildkröte auch nur eine Schuppe krümmen, bekommen Sie es mit mir zu tun«, sagt jemand. »Und das wollen sie nicht erleben.«

Ich öffne die Augen, die Wimpern nass. *Papa?*

»Sie können unseren Wald nicht fällen. Ich verbiete es Ihnen.«

Er ist wirklich gekommen! Seine Stimme klingt fest und entschlossen.

»Es ist mein Job«, schnauzt der Bauarbeiter. »Wenn ich nicht weitermache, dann werde ich gefeuert, verdammt noch mal.«

»Ist Ihr Job wirklich das Leben Hunderter wert?«, fragt die Schildkröte.

Der Bauarbeiter lacht zynisch. »Das sind doch nur ein paar Bäumchen.«

»Und Sie sind doch nur ein abfälliger Angstfresser!«, ruft das Reptil. »Ein schleimiger Baggerlutscher!«

Das scheint dem Bauarbeiter zu viel zu sein. »Ich rufe jetzt den Chef an.«

Die Stimme meines Vaters dringt zu mir herauf. »Marlin«, ruft er.

Ich lasse den Baum nicht los. Es ist, als wären wir verwachsen.

»Marlin! Du kannst herunterkommen. Die Dichtende Fichte ist vorerst sicher.«

Ich starre auf die Rinde. Papa erinnert sich sogar an den Namen, den wir diesem stämmigen Baum einst gaben. Ganz vorsichtig lockere ich meine Finger. Meine Hände sind ganz klebrig. Das Muster der Rinde hat sich in meine Handflächen gegraben. »Wie soll ich denn hier runterkommen?«, frage ich, als mir schlagartig die Höhe bewusst wird.

»Na, wie du hochgekommen bist, du Affe«, sagt die Schildkröte.

»Ganz ruhig«, sagt mein Vater. »Wenn du fällst, fange ich dich auf.«

Langsam klettere ich hinunter, Stück für Stück.

Unten angekommen, falle ich Papa in die Arme. Mein ganzer Körper schlottert von der Anstrengung.

»Alles wird gut, Prinzessin.« Ich spüre seine große Hand auf meinem Hinterkopf.

Einen Moment lang genieße ich es einfach, seine Prinzessin sein zu dürfen. Ich schmiege mich an den Baumwollstoff seines strahlend weißen Kittels. Er ist direkt von der Arbeit gekommen und trägt sogar noch sein Stethoskop und seine lederne Arzttasche.

»Wie siehst du denn aus?«, fragt er und schaut sich meine Arme an. Sie sind komplett zerkratzt und die Ellbogen aufgerieben.

Automatisch fängt er an, Desinfektionsmittel aufzusprühen und mich mit Pflastern zu bekleben. Ich lehne mich gegen den warmen Baumstamm und spüre, wie die Beklemmung von mir abfällt. Ich spüre die Wunden gar nicht, sondern nur, dass ich nicht mehr allein bin.

Die Schildkröte lugt besorgt zwischen den Kulis in Papas Kitteltasche hervor. Ich ziehe sie heraus und streiche über ihren schönen Panzer. »Du wirst mir heute nicht sterben, hast du das verstanden?«, schärfe ich ihr ein. »Niemals. Ich brauche dich.«

»Ich werde mein Bestes geben. Aber ohne den Tod gibt es kein Leben. Denn der Tod ist nur das Ende davon.« Sie lächelt schwach und schaut dann an mir vorbei. »Sieh mal«, sagt sie. Ihre Augen leuchten. »Sie sind endlich da.«

Ich schaue auf.

Da sind sie!

Zwischen den Bäumen zeichnen sich die Umrisse einiger Schüler ab, dann immer mehr, bis es Hunderte sind. An der Straße reihen sie sich aneinander, ihre Schilder in die kühle Morgenluft erhoben. Die vielen Stimmen sind so laut, dass der Baggerfahrer sich das Ohr beim Telefonieren zuhält.

Frau Rose kommt mit ihren Wanderschuhen auf uns zugelaufen. »Alles in Ordnung?«, fragt sie mich. Ihr Gesicht sieht sorgenvoll aus.

»Das war echt knapp«, sagt mein Vater, der plötzlich ganz grade steht. »Aber meine Prinzessin hat es ganz alleine mit dem Baggerfahrer aufgenommen.«

Frau Rose schaut mich an, dann meinen Vater. »Und Sie sind ja auch gekommen, Dr. Manno!« Sie strahlt Papa an.

Mein Vater errötet. »Sverre, wenn ich bitten darf.«

»Linda.«

Mein Blick fällt auf ihr Schild. Darauf steht elegant geschrieben:

ROSEN SIND ROT
VEILCHEN SIND BLAU
DU SCHLÄGST DIE BÄUME TOT
DU UMWELTSAU!

Dann sichte ich Tim. »Du hast schon wieder die Show gestohlen!«, ruft er mir anstelle einer Begrüßung zu und zeigt grinsend auf den Bagger, als er etwas außer Atem bei uns angekommen ist. »Das ist dein Moment.«

Ich schaue fragend zur Schildkröte hinunter.

»Das ist *dein* Moment«, wiederholt sie die Worte noch

einmal langsam. Ich nicke und reiche sie Frau Rose, die sie auf ihrer Hand absetzt.

Tim fasst mich am Handgelenk, und wir rennen gemeinsam an dem wild gestikulierenden Bauarbeiter vorbei. Zu zweit klettern wir auf das Dach seines Baggers. Es ist hoch, aber nicht so hoch wie eben auf dem Baum.

Die protestierende Menge beruhigt sich langsam und schaut erwartungsvoll zu uns herauf. Ich spüre mit klopfendem Herzen die Spannung in der Luft.

Kurz wechsle ich einen Blick mit Tim, der direkt hinter mir steht. Er nickt.

Ich rücke meine kunterbunte Klimaschutzmütze zurecht und stelle mich breitbeinig in die Mitte der Dachplattform.

»IHR SEID HIER!«, rufe ich.

Mein Ruf schallt durch den ganzen Wald.

»WIR SIND HIER!«, antwortet die Menge. Ich entdecke Tims Freunde von der Sprayaktion, die ein riesiges Plakat ausgebreitet haben, auf dem ein Wald von links nach rechts immer mehr verkohlt.

SCHILDSCHÜLERSCHILD.
BAGGER BESETZEN STATT BÄUME ZERFETZEN!

Ich hole tief Luft, dann rufe ich: »WIR SIND LAUT!«

»WIR SIND LAUT!«, antwortet die Menge.

Die Polizistin winkt mir zu. Ihre Kollegen sichern die Straße. Gerade weichen sie fünf Meter zurück, weil ein Trupp muskelbepackter, tätowierter Männer und Frauen an ihnen vorbeiläuft. Angeführt wird er von dem Muskelmann vom Polizeirevier. Er hat ein provokantes Grinsen im Gesicht und zwei Zwergspitze auf dem Arm.

Ich hebe meine Faust gen Himmel. »WEIL MAN UNS DIE BÄUME KLAUT!«

Die Menge jubelt. In der Ecke neben meinem Vater glitzert und schillert es. Die Schönheit hat ihre ganzen schimmernden Freundinnen mitgebracht. Auf ihrem Schild steht:

ICH BIN AUCH OHNE PALMÖL SCHÖN!

Immer mehr Menschen schließen sich der Menge an, die Baustellenzäune werden beiseitegestellt, und der ganze Wald ist voller Menschen.

SKOLSTREJK FÖR KLIMATET

Als Tim und ich vom Bagger heruntergeklettert sind und ich wieder feste Erde unter meinen Füßen spüre, umgibt uns eine gewaltige Menschenmenge. Fast erwischt mich ein Schild mit dem Aufdruck:

TELL THE TRUTH - ACT NOW - BEYOND POLITICS

»WENN IHR DIE BÄUME FÄLLT, MÜSST IHR UNS FÄLLEN«, hallt es über die gerodete Waldfläche. Tim stimmt lauthals mit ein.

Plötzlich greift er nach meiner Hand, damit wir nicht auseinandergerissen werden. Gemeinsam kämpfen wir uns zu meinem Vater zurück. Unsere Hände lösen sich wieder voneinander.

Papa hat auch ein Schild dabei. Die Krakelschrift ist allerdings kaum lesbar. »›*Lassen Sie mich durch, ich bin Arzt‹* steht da drauf«, erklärt er, als ich es rätselnd betrachte. »*›Mein Wald ist krank!‹*«

Neben ihm steht Oma und streichelt die Dichtende Fichte.

Oma, was ist ein Schneemann?, steht auf dem Schild, das sie neben sich auf den Boden gelegt hat.

Die Schönheit kommt auf uns zu. »Marlin, Süße! Du bist inspirierend!« Sie deutet auf sich und ihre Leute. »Wir verwenden jetzt nur noch veganes Make-up.«

Ich grinse sie an. Hinter ihr kommt der Muskelmann mit seinen wuscheligen Hunden auf uns zu. Anscheinend hat er sie wieder aus dem Zwinger befreit. In meiner Vorstellung waren es allerdings grimmig dreinschauende Rottweiler und keine Fellpuschel.

»Na, Verbrecherin!« Sein Fauststoß gegen meine Schulter wird wahrscheinlich einen blauen Fleck hinterlassen. Aber das macht eh keinen Unterschied mehr. »Was ist denn mit dir passiert?«

Aus den Augenwinkeln bemerke ich, wie der Bauarbeiter auf mich zugestapft kommt.

»Hat der dicke Bauarbeiter dich etwa angefasst?« Ohne meine Antwort abzuwarten, stellt er sich breitbeinig zwischen mich und den Bauarbeiter und sagt zu ihm: »Wenn du die Kleine auch nur noch einmal anguckst, dann falte ich dich zusammen und verfüttere dich an meine Hunde.«

Der Bauarbeiter lässt vor Schreck sein Telefon fallen, hebt es hastig wieder auf und stolpert in die andere Richtung.

Der Muskelmann lacht mich an. »Wo ist denn deine kleine Schildkröte? Sie muss meine Babys unbedingt kennenlernen!« Die Zwergspitze springen aufgeregt um uns herum wie fluffige Wollknäuel. »Außerdem wollte ich sie fragen, ob sie für mein neues Tattoo posen würde.«

Ich schaue mich um, aber Frau Rose ist nicht mehr hier. »Ja, wo ist die Schildkröte?«, frage ich meinen Vater.

Er zuckt mit den Schultern. »Linda, äh, also deine Lehrerin hatte sie grade noch.«

»Schildi!«, rufe ich aus vollem Hals, aber es ist ohrenbetäubend laut. Ein »Das ist entwürdigend« bleibt aus.

Gemeinsam stürzen Tim und ich uns wieder ins Getümmel, um nach Frau Roses braunen Locken zu suchen. Zahllose Plakate versperren uns die Sicht.

DIE ZUKUNFT DER ERDE IST AUSSICHTSLOSER ALS MEIN ABITURZEUGNIS!

Ich kämpfe mich weiter durch die Menge.

DIE DINOS DACHTEN AUCH, SIE HÄTTEN NOCH ZEIT.

Tim drängt die Leute zur Seite, die sich mir in den Weg stellen.

KEINE ZEIT FÜR HAUSAUFGABEN! MUSS DIE WELT RETTEN!

Die Polizistin entdeckt mich und zeigt mir ein Daumenhoch.

»Habt ihr die Schildkröte gesehen?«, frage ich sie und ihre Kollegen in schwarzer Montur. Sie verneinen und versprechen mir, nach dem Reptil Ausschau zu halten.

KLIMAWANDEL STOPPEN! WARMES BIER SCHMECKT NICHT!

»Da ist Frau Rose«, sagt Tim direkt in mein Ohr. Wir kämpfen uns zu ihr durch.

»Haben Sie die Schildkröte?«, rufe ich ihr zu.

FRÜHER WAR DER FISCH IN DER VERPACKUNG. HEUTE IST DIE VERPACKUNG IM FISCH.

Sie zuckt mit den Schultern. »Ich dachte, sie ist schon wieder bei dir?«

Kapitel 26

Hektisch schaue ich mich um.

THERE IS NO PLANET B. WIR HABEN NUR EINE ERDE.

Unzählige Schuhe stampfen über den Boden und könnten das Reptil mühelos platt treten. Ich balle meine Hände zu Fäusten, um die Vorstellung eines zerquetschten Panzers zu verdrängen.

WIR LASSEN UNS DIE ZUKUNFT NICHT WEGBAGGERN.

Wo ist sie?

KLIMAGERECHTIGKEIT STATT KONZERNMACHT!

Frau Rose greift nach meiner Hand, und wir gehen gemeinsam zu meinem Vater zurück.

Ich entdecke Mona-Elif mit einem Schild:

KLIMAWANDEL IST TOTAL UNCOOL!

Als sie Tim sieht, setzt sie ein strahlendes Lächeln auf, scheitert aber bei dem Versuch, durch die Menge näher an uns heranzukommen.

So viele Leute, so viele Gesichter, so viele Schuhe. Sneakers, Sandalen, High Heels und Boots stampfen den Boden platt. Meine Augen zucken wild hin und her und versuchen, das grüne Gesicht auf der Erde auszumachen.

FREIHEIT FÜR GRÖNLAND - WEG MIT DEM PACKEIS!

Endlich erreichen wir meinen Vater.

WÄRE DIE ERDE EINE BANK, HÄTTET IHR SIE
SCHON LÄNGST GERETTET!

»Papa, ist die Schildkröte vielleicht wieder bei dir?«

DU HAST DIE WA(H)L: ESST MEER JAPANER!

Er schüttelt den Kopf. Ich gebe ihm Frau Rose in die Hand, fahre herum und suche mit Tim weiter.

DIE ERDE IST KAPUTTER ALS DIE HÜFTE
MEINER (GROSS-)MUTTER.

Beim Bagger hilft man gerade einem etwas fülligeren Mann auf das Gefährt. Völlig außer Atem hievt er sich auf das Dach. Er kommt mir bekannt vor. Ich habe ihn schon einmal auf einem Plakat gesehen. Das ist der Bürgermeister, glaube ich.

Einer von den Demonstranten reicht ihm ein Megafon hoch. Er greift danach und taumelt fast vom Bagger herunter. Als er sich gefasst hat, fängt er an, ins Megafon zu sprechen. »Sehr geehrte Bürgerinnen und Bürger, liebe Demonstranten«, ertönt eine verzerrte Stimme, als die Menge nach und nach verstummt. »Sie haben sich heute hier versammelt, um diesen besonderen Wald zu beschützen. Soeben habe ich die Nachricht erhalten, dass in diesem Wald eine vom Aussterben bedrohte Tierart lebt: die *Bufo coelum*, die Himmelskröte.«

»*Bufo coelum?*« Ich hebe meine Augenbrauen.

Frau Rose stupst mich mit den Ellbogen und zwinkert. »Das hat die Schildkröte ausgeheckt.«

»Aus diesem Grunde«, sagt er, als ich lache, »wurde ein sofortiger Baustopp veranlasst, um dies eingehend prüfen zu lassen.«

Ohrenbetäubender Jubel braust auf. Ein paar Leute werfen ihre Schilder in die Luft, irgendjemand macht seine Musikbox an. Tim klopft mir stolz auf den Rücken.

»Juhu!«, ruft Frau Rose und fällt meinem Vater um den Hals. Als die beiden meinen Blick bemerken, gehen sie ruckzuck auseinander, beide knallrot im Gesicht.

Wo ist nur die Schildkröte?

Ich schaue weiter über die tanzende Menge. Einige haben sich zum Picknicken hingesetzt und bringen den Polizisten ein paar Sandwiches.

Nirgendwo ein Panzer in Sicht.

Ich drehe mich zu meiner Oma um, die hinter Papa und Frau Rose auf dem Boden sitzt. Mit dem Rücken lehnt sie sich an die Dichtende Fichte, ihr Protestschild ist zur Decke geworden, auf der sie Platz genommen hat. In einer Hand schüttelt sie etwas Grünes.

»Da ist sie!«, ruft Tim.

Mein Blick hellt sich auf. »Oma!«, rufe ich und renne zu ihr. »Voll schön, dass du auch hier bist! Darf ich deinen Salzstreuer entführen?«

»Welchen Salzstreuer?«, fragt Oma. »Ich habe doch nur auf das Haustier aufgepasst.«

Die Schildkröte keucht, als ich sie aus Omas zittrigen Händen befreie. »Bring mich hier weg«, bittet sie mich leise. Sie lässt ihren Kopf hängen. Ich stecke sie in meine Brusttasche, wo sie sich erschöpft zusammenzieht.

»Wohin denn?«

»Irgendwohin, wo es ruhig ist. Mir ist schwindelig.«

»Ich komm gleich wieder«, sage ich beim Aufstehen zu Tim, und dann bin ich plötzlich in eine warme Umarmung von ihm gehüllt.

Ich schlinge meine Arme um ihn und drücke ihn ganz fest.

»Du hast etwas erreicht, Blue«, sagt er in mein Haar. »Das war legendär.«

Ich grinse breit. »Wir haben etwas erreicht. Alleine bin ich bloß alleine, aber mit dir und den anderen können wir wirklich etwas schaffen.«

»Ich kriege keine Luft«, keucht die Schildkröte. »Könnt ihr euer komisches Paarungsverhalten vielleicht verschieben?«

Ich laufe knallrot an und löse mich aus der Umarmung. Als ich das erschöpfte Schildkrötengesicht anschaue, werde ich ernst. »Ich komme gleich wieder, Tim«, sage ich schnell. »Ich kümmere mich kurz um sie.«

»Na dann, bis gleich, Blue! Ich werde auf dich warten.« Seine dunklen Augen funkeln warm.

So schnell wie möglich kämpfe ich mich aus der Menge heraus. Ich laufe an unzähligen Menschen vorbei. Manche winken mir begeistert zu, aber ich kann nur an das kleine Reptil denken.

Endlich kommt unser Garten. Das Grün der Wiese bildet eine helle Lichtung. Die Stufen knarzen vertraut, als ich ins Baumhaus hinaufklettere. Die Falltür fällt dumpf hinter uns zu und schottet uns von der Welt ab. Bis auf ein fröhliches Hintergrundrauschen herrscht hier friedliche Stille.

»Geht es dir gut?« Ich lege das Panzertier vorsichtig auf das Kartonpodest.

Die Schildkröte schmunzelt mir zu. »Die Welt dreht sich. Mir könnte es kaum besser gehen.« Ihr zartes Köpfchen schmiegt sich an meinen Daumen.

»Wo warst du denn, mein kleiner Salatkopf?«, frage ich sie.

»Nachdem ich zusammen mit deiner Lehrerin dem werten Herrn Bürgermeister eine Lektion erteilt habe«, schildert die Schildkröte, »wurde mir alles zu viel, zu eng und zu laut.«

»Verständlich.« Auch ich habe mich von der Menge regelrecht überrollt gefühlt. »Falls du es noch nicht mitbekommen hast: Wir haben es geschafft, Schildi!«

Eine tiefe Zufriedenheit liegt in ihrem faltigen Gesicht. »Dann ist es an der Zeit, Marlin.«

Ich beuge mich hinunter, um mit ihr auf Augenhöhe zu sein. »Zeit wofür?«

Ihre dunklen Augen mustern mich. »Du bist jetzt eine echte Umweltaktivistin. Ich kann dir diese Stadt mit gutem Gewissen überlassen. Gib auf alle Tiere und Pflanzen acht! Beschütze die, deren Sprache die Menschen nicht verstehen können. Sei ihre Würde, ihre Rechte und ihre Stimme!«

Ein paar Herzschläge lang schaue ich sie einfach an. Nur langsam beginne ich zu verstehen. Ich weiß nicht so recht, ob ich lachen oder weinen soll. Also mache ich einfach beides. »Du willst gehen?«, frage ich leise. »Aber du bist doch gerade erst hergekommen!«

»Gibt es bei euch Menschen nicht das Sprichwort: ›Geh immer dann, wenn es am schönsten ist‹?«, fragt sie.

»Blödsinn«, sage ich mit versagender Stimme. Ich wische mir eine Träne von der Wange. »Wenn es schön ist, dann kann es auch gerne noch ein bisschen länger schön sein. Ich will nicht, dass du gehst. Kannst du nicht noch ein bisschen bei uns bleiben?« Ich schniefe. »Wir sind zwar nur eine kleine Familie, aber du bist auch klein.«

»Letztendlich gehören wir alle zur großen Familie.« Sie lächelt. »Wenn du willst, dass ich bleibe, dann hast du verstanden, um was es geht.«

Ich weiß erst nicht, was ich sagen soll. »Um dich und mich«, sage ich. »Zwei ungleiche Freunde, die zusammen die Welt retten.«

Die Schildkröte drückt ihre Nasenspitze gegen meine und schließt die Augen. »Ich muss gehen.« Ihre Worte sind kaum mehr als ein Flüstern.

»Aber ... wo willst du denn hin?«

»Es gibt überall Wälder zu retten«, sagt sie.

»Dann lass uns gemeinsam die Wälder retten! Dafür musst du ja nicht weg. Ich habe doch ein Fahrrad.«

»Ich werde anderswo gebraucht, Menschenkind. So, wie du hier gebraucht wirst. Mich brauchst du hier nicht mehr, und deshalb muss ich gehen.«

Mich überschwemmt eine Welle großer Gefühle für dieses kleine Tier. Unglaublich, wie viel einem so etwas Kleines bedeuten kann. Klein, so wie unsere Erde für das Universum klein ist – aber für uns ist sie die Welt.

»Vielleicht gehe ich ja sogar nach Berlin«, platzt es aus dem Reptil.

Ich schüttele überrascht meinen Kopf. »Zu Shelly?« Ich lache, aber es klingt mehr wie ein Schluchzen. »Schnapp sie dir, Schnappschildkröte.«

Das Kriechtier kichert. »War das ein Witz?«

Ich stupse sie auf die Stirn. »Wenn du meinen Sinn für Humor teilst, dann war das sogar ein sehr guter Witz.«

Dem Schildtier schlüpft auch eine Träne aus dem Augenwinkel, eine Schildkrötenträne, die, anders als eine Krokodilsträne, echt ist. Sie hebt ihr kleines Beinchen und legt es auf meinen Finger. Es ist warm, aufgeladen von der Sonne. »Wir werden uns eines Tages wiedersehen«, sagt sie. »Das verspreche ich.«

Ich atme tief ein und aus und versuche, mich zusammenzureißen.

»Erinnere dich immer daran«, fährt sie fort, »dass wir stets miteinander verbunden sind. Die Welt ist ein Ozean, und zwischen uns fließt eine sehr mächtige Strömung.«

Ich hülle sie in eine winzige Umarmung, ihr schrumpeliger Hals an meiner Wange. Mir fehlen die Worte. Ich möchte sie einfach nur festhalten.

»Du hast mir gezeigt, was es bedeutet, wirklich zu Hause zu sein und nicht nur ein Haus zu tragen«, sagt sie in mein Ohr. »Nun weiß ich, wo mein Heimatstrand ist.«

Zitternd löse ich mich von ihr und streiche ihr noch ein letztes Mal über den Panzer. Der Spruch aus meinem Nagellack splittert schon ab.

Ist es nicht seltsam, dass wir so oft erst in der letzten Stunde vor dem Abschied erkennen, wie tief unsere Verbundenheit zu jemandem ist?

Wir schauen gemeinsam nach draußen, auf den Wald,

der jetzt gerettet ist. Ein paar Vögel flattern auf, der Himmel ist blau, die Sonne strahlt heller denn je.

Vielleicht fühle ich deswegen jetzt eine so starke Verbindung zur Natur.

»Du, Marlin.« Die Schildkröte schaut mich aus ihren schwarzen Perlaugen an.

»Ja?«

»Wer hätte gedacht, dass diese blöde Kröte unseren Wald rettet?«[9]

9 Hier ist Ende im Gelände.

Danksagung

»Bist du jetzt endlich fertig?« Die Schildkröte linst von ihrem Bad in meiner Lieblingsteetasse aus auf mein Schreibdokument.

Es ist weit nach Mitternacht, und das grelle Licht des Bildschirms schmerzt in meinen Augen.

Das Reptil sieht zu mir hoch. »Erde an Maria Keim?«

»Nein.« Ich streiche mir eine widerspenstige blonde Haarsträhne aus dem Gesicht. »Ich muss noch die Danksagung schreiben.«

»Dann mach schon«, sagt die Schildkröte. »Du beschwerst dich immer, dass ich zu langsam bin. Dabei bist du diejenige, die jetzt schon seit zwei Stunden auf die leeren Seiten starrt.«

Ich massiere meine Schläfen. »Ich kann es nicht«, seufze ich. »Diese Danksagung zu schreiben ist das Schwerste an diesem Buch. Keine Worte sind magisch genug, um diese Dankbarkeit, diese Liebe und diese Wertschätzung auszudrücken, die ich für diese Personen empfinde.«

»Dramaqueen.« Das Reptil schüttelt den Kopf. »Schau

mal, ihr Menschen habt doch so eine enge Bindung zu euren Eltern. Die könntest du als Erstes erwähnen. Das kommt bestimmt gut an.«

Mama und Papa, tippe ich in die abgenutzten Tasten meines Laptops. *Die Welt hat euch oft als meine Rabeneltern bezeichnet, nur zu Recht.*

»Du liebe Zeit.« Das Kriechtier seufzt überfordert. »Eltern können manchmal echt nerven, aber willst du sie wirklich gleich in deinem ersten veröffentlichten Buch beleidigen?«

»Natürlich nicht.« Ich grinse gewinnend. »Raben sind nämlich pfiffige Tiere. Sie behüten ihre Kinder liebevoll, bis sie ihre starken schwarzen Schwingen ausbreiten können, um in die Weiten der Welt hinauszufliegen.«

»Das versteht doch keiner, du Pappnase.«

Ich liebe euch, tippe ich noch dazu.

»Hol mich mal hier aus dem Tee. Er ist kalt.«

Ich gehorche. »Eigentlich wollte ich ihn trinken, als er noch warm war«, schmolle ich.

»Jetzt fang nicht schon wieder an zu heulen. Schreib.«

Ich danke meinen Brüdern Richard und Leonard Keim.

»Wenn wir schon bei Tiermetaphern sind«, überlegt die Schildkröte laut, »dann wäre Richard definitiv einer dieser genügsamen, verfressenen Goldenen Retriever und Leo ein niedlicher, aber extrem bellfreudiger Chihuahua.«

»Wenn wir meine Brüder mit Hunden vergleichen, was bin ich dann, hm?« Ohne ihre Antwort abzuwarten, tippe ich: *Danke, dass ihr so strohdoof seid, damit ich intelligenter wirke als ihr. Ich liebe euch und glaube, dass ihr eure Träume genauso erfüllen könnt, wie ich das hier gerade tu.*

»So, genug Geschwisterliebe«, beschließt das alte Ranzreptil, als ich gerade richtig im Flow bin. »Wer hat dich zu diesem Buch inspiriert?«

Ich danke dir, Bjørn Falldorf, mein Bär, für dein warmes Fell, in dem ich mich an den kältesten Tagen verkriechen durfte. So dunkel die Pfade auch sein mögen, vergiss nie den Weg zum Nordstern und zurück.

»Willst du mich veräppeln?!« Die Schildkröte ist empört. »Was ist mit *mir*? Wenn, dann bin ICH doch deine größte Inspiration. Immerhin ist es MEINE Geschichte. Meinst du nicht, dass es an der Zeit ist, dass du MICH in deiner Danksagung erwähnst?«

»Ich habe dich erfunden, Schildi. Wenn, dann musst du mir danken.« Ich tippe weiter:

Danke an meine fleißige Biene Nina Rheinheimer, für deine Freundschaft und deine wunderschönen Geschichten. Auf dass wir immer unsere größten Fangirls bleiben!

Danklichen Herz meinem Axolotl Jens Rump, dass ich dir schlechte Wortwitze klauen darf. Bis Tanne!

Danke an meine Oma Ellen Keim, dass du immer an mich glaubst.

Mein Dank gilt meiner süßen Maus Alba Paar-Pérez dafür, dass du meine Dendritische Zelle bist und ich deine sein darf.

Danke an mein Schweinchen Walter Zerr, dass du immer für deine Freunde da bist, egal, was kommt.

Danke Samir, mein schnurrender Schreibkater und die Reinkarnation eines persischen Prinzen.

»Was zur Kröte? Diese schräge Pelznulpe kriegt Platz in deiner Danksagung, aber ich nicht?«

»Du nimmst in diesem Buch schon den meisten Platz ein«, antworte ich, ohne mit der Wimper zu zucken. »Lass die anderen auch mal glänzen.«

Danke an die Spürnase Dr. Paula Peretti, dem Profi an meiner Seite.

Danke an die Maine-Coon Dr. Andrea Müller, für die Ermutigung zu Großen Gefühlen.

Die Worte beginnen nur so aus mir herauszufließen.

Salut an die Bonner Romanwerkstatt, die Zunft, auf dass wir der bunteste Zirkus werden, den die Welt der Literatur je gesehen hat.

Merci, der Schwänin Christine Lehnen, meiner Mentorin, meinem Idol. Ohne dich wäre ich nicht hier.

Besonderer Dank gilt folgenden einsigartigen Dichtern:
dem Jaguar Mitja Nikolaus,
dem Fuchs Jens Müller,
dem Pavian Jan Hilgers,
dem Roten Panda Florian Schwalb
und dem Braunbären Hannes Zawodnik.

Meine Blase meldet sich. Ich flitze auf die Toilette, und als ich zurückkehre, finde ich eine teetropfende Schildkröte mitten auf meiner Tastatur.

»Ey!«, schreie ich. »Du ruinierst schon wieder meinen Laptop!«

»Und du weckst deine Mitbewohner, Täubchen«, sagt sie ungerührt.

Ich lese, was sie geschrieben hat:

pl,oimjoiuhnozuhgbvizdqbeuirodollicnewqpinfdqeroweh

»Sag mal«, frage ich, als ich sie von der Tastatur herunternehme und mit dem Ärmel meines grünen Kleides den Tee abwische, »Zehnfingertippen hast du nie gelernt, oder?«

»Du auch nicht«, grummelt sie.

Ich setze mich wieder auf meinen quietschenden Schreibtischstuhl, strecke meine Finger und haue in die Tasten.

Danke an alle, die friedlich auf die Straße gehen und ihr Bestes geben, um die Erde zu einem besseren Ort zu machen.

*Danke, Leser*in, dass du dieses Buch gelesen und nachgedacht hast.*

»Bist du jetzt endlich fertig?«, stöhnt das Reptil. »Oder

willst du auch noch den Atomen danken, aus denen du bestehst?«

»Fast. Ich möchte mit einem Auszug aus dem Gedicht *Reisewidmung* von meiner guten Freundin Lena H. Lautner abschließen.«

»Juhu.«

Euch allen sei gesagt: Bis an des Fährmanns Steg,
Nicht kürzer und nicht weiter führt der Weg.
Und wenn mit seinem Boote er uns übersetzt
Beginnt die Reise endlich. Doch zu guter Letzt
Seid ihr der Weg, den ich begeh
Das Licht am Horizont, nach dem ich seh
Das Gebet, das morgendlich ich sprech, sind eure Namen
Ihr seid die Dünen, über die die Lieder kamen.
Drum hört's Gewicht, das ich in diese Worte leg:
Zu euch, nicht kürzer und nicht weiter führt der Weg.

THERE I